金庸作品集

鄭燮畫竹——鄭燮（1693-1765），江蘇興化人，號板橋居士，「揚州八怪」之一，為人狂傲不阿，極具風骨，做濰縣知縣時，不服上司命令，擅自賑濟災民而被罷官。這幅竹軸上題字云：「不過數片葉，滿紙俱是節。萬物要見根，非徒觀半截。風雨不能搖，雪霜頗能涉。紙外更相尋，干雲上天闕。」「節」是竹節，也是氣節。竹向來比作君子，「萬物要見根，非徒觀半截」兩句，也可算是對僞君子岳不羣的諷喻。此圖寫竹有根，但其發展則非紙張所能限制。

嵩山太室石闕銘——漢碑拓片。

五嶽真形圖——嵩山石碑的拓片，是道家對五嶽的解說。圖中說，五嶽均為仙人得道之處，各有嶽神，每嶽並各有副山。東嶽泰山的副山是長白梁父二山，南嶽衡山的副山是潛山霍山，中嶽嵩山的副山是女几少室，北嶽恆山的副山是天涯崆峒，西嶽華山的副山是終南太白。五嶽嶽神各有所主，因東嶽嶽神「主世界人民，官職，及定生死之期，兼註貴賤之分，長短之期」，所以在世人心目中特別重要。

嵩山石淙——畢玥年攝。

嵩山嵩嶽廟古塔。

嵩山大將軍柏——在嵩陽書院，漢光武帝封之為「大將軍」，共兩株，分別稱為大將軍、少將軍，東漢時即已聞名。樹齡已超過兩千年，是中國最古的柏樹，迄今榮茂常青，蒼勁挺立。

自嵩山嵩嶽廟遠眺。

黃慎「攜琴圖軸」──黃慎，福建寧化人，久寓揚州，清乾隆年間「揚州八怪」之一，好酒喜漫遊。據說少年時在街頭忽悟畫法，急去店鋪借紙筆作畫。本圖題字中說是醉後所作。圖中女子當不及盈盈之美，然靦腆飄逸，神態或相彷彿。

鄭燮「蘭竹」——題字云：「掀天揭地之文，震電驚雷之字，呵神罵鬼之談，無古無今之畫，固不在尋常蹊徑中也。未畫以前，不立一格，既畫以後，不留一格。」似可為「獨孤九劍」之劍法寫照。

大字版 笑傲江湖

⑦ 五嶽併派

金庸

大字版金庸作品集61

笑傲江湖 (7)五嶽併派 「公元2006年金庸新修版」

The Smiling, Proud Wanderer, Vol. 7

作　者／金　庸

封面設計／唐壽南　內頁插畫／王司馬

發 行 人／王 榮 文
出版・發行／遠流出版事業股份有限公司
臺北市中山北路一段11號13樓
電話／2571-0297　傳真／2571-0197　郵撥／0189456-1

□2006年 8 月16日　初版一刷
□2022年 4 月 1 日　二版五刷

大字版　每冊 380元（本作品全八冊，共3040元）
〔另有典藏版共36冊（不分售），平裝版共36冊，新修版共36冊，新修文庫版共72冊〕

ISBN　978-957-32-8112-2（套：大字版）
ISBN　978-957-32-8110-8（第七冊：大字版）
Printed in Taiwan

YLib 遠流博識網
http://www.ylib.com　E-mail:ylib@ylib.com

目錄

東方不敗撲到楊蓮亭身旁，把他抱起，輕輕放在床上，給他除了鞋襪，拉過繡被蓋在身上，便似妻子服侍丈夫一般。

三一　繡花

過了良久，一名紫衫侍者走了出來，居中一站，朗聲說道：「文成武德、仁義英明教主有令：著白虎堂長老上官雲帶同俘虜進見。」

上官雲道：「多謝教主恩典，教主千秋萬載，一統江湖。」左手一擺，跟著那紫衫人向後進走去。任我行和向問天、盈盈抬了令狐冲跟在後面。

一路進去，走廊上排滿了執戟武士，一共進了三道大鐵門，來到一道長廊，數百名武士排列兩旁，手中各挺一把明晃晃的長刀，交叉平舉。上官雲等從陣下弓腰低頭而過，數百柄長刀中只要有一柄突然砍落，便不免身首異處。

任我行、向問天等身經百戰，自不將這些武士放在眼裏，但在見到東方不敗之前先受如許屈辱，心下暗自不忿，令狐冲心想：「東方不敗待屬下如此無禮，如何能令人為他盡忠效力？一干教眾所以沒有反叛，只是迫於淫威，不敢輕舉妄動而已。東方不敗輕視豪傑之士，焉得不敗？」

走完刀陣，來到一座門前，門前懸著厚厚的帷幕。上官雲伸手推幕，走了進去，突然之間寒光閃動，八桿槍分從左右交叉向他疾刺，四桿槍在他胸前掠過，四桿槍在他背後掠過，相去均不過數寸。

令狐冲看得明白，吃了一驚，伸手去握藏在大腿綁帶下的長劍，卻見上官雲站立不動，朗聲道：「屬下白虎堂長老上官雲，參見文成武德、仁義英明教主！」

殿裏有人說道：「進見！」八名執槍武士便即退回兩旁。令狐冲這才明白，原來這八槍齊出，還是嚇唬人的，倘若進殿之人心懷不軌，眼見八槍刺到，立即抽兵刃招架，便即陰謀敗露了。

進得大殿，令狐冲心道：「好長的長殿！」殿堂闊不過三十來尺，縱深卻有三百來尺，長殿彼端高設一座，坐著個長鬚老者，那自是東方不敗了。殿中無窗，殿口點著明晃晃的蠟燭，東方不敗身邊卻只點著兩盞油燈，兩朵火燄忽明忽暗，相距既遠，火光又暗，此人相貌如何便瞧不清楚。

上官雲在階下跪倒，說道：「教主文成武德，仁義英明，中興聖教，澤被蒼生，屬下白虎堂長老上官雲叩見教主。」

東方不敗身旁的紫衫侍從大聲喝道：「你屬下小使，見了教主為何不跪？」

任我行心想：「時刻未到，便跪你一跪，又有何妨？待會抽你的筋，剝你的皮。」當即低頭跪下。向問天和盈盈見他跪了，也即跪倒。

上官雲道：「屬下幾個小使朝思暮想，只盼有幸一睹教主金面，今日得蒙教主賜見，眞是他們祖宗十八代積的德，一見到教主，歡喜得渾身發抖，遲了跪倒，教主恕罪。」

楊蓮亭站在東方不敗身旁，說道：「賈長老如何力戰殉教，你稟明教主。」

上官雲道：「賈長老和屬下奉了教主令旨，都說我二人多年來身受教主培養提拔，大恩難報。此番教主又將這件大事交在我二人身上，想到教主平時的教誨，我二人心中的血也要沸了，均想教主算無遺策，不論派誰去擒拿令狐冲，仗著教主的威德，必定成功，教主所以派我二人去，那是無上的眷顧……」

令狐冲躺在擔架之上，心中不住暗罵：「肉麻，肉麻！上官雲的外號之中，總算也有個『俠』字，說這等話居然臉不紅，耳不赤，不知人間有羞恥事。」

便在此時，聽得身後有人大聲叫道：「東方兄弟，當眞是你派人將我捉拿嗎？」這人聲音蒼老，但內力充沛，一句話說了出去，回音從大殿中震了回來，顯得威猛之極，料想此人便是風雷堂堂主童百熊了。

楊蓮亭冷冷的道：「童百熊，在這成德堂上，怎容得你大呼小叫？見了教主，怎麼不跪下？膽敢不稱頌教主的文武聖德？」

童百熊仰天大笑，說道：「我和東方兄弟交朋友之時，那裏有你這小子了？當年我和東方兄弟出死入生，共歷患難，你這乳臭小子生也沒生下來，怎輪得到你來和我說話？」

令狐冲側過頭去，此刻看得清楚，但見他白髮披散，銀髯戟張，臉上肌肉牽動，圓睜雙眼，臉上鮮血已然凝結，神情甚是可怖。他雙手雙足都銬在鐵銬之中，拖著極長的鐵鍊，說到憤怒處，雙手擺動，鐵鍊發出錚錚之聲。

任我行本來跪著不動，一聽到鐵鍊之聲，在西湖底受囚的種種苦況突然間湧上心頭，再也剋制不住，身子顫動，便欲發難，卻聽得楊蓮亭道：「在教主面前膽敢如此無禮，委實狂妄已極。你暗中和反教大叛徒任我行勾結，可知罪嗎？」

童百熊道：「任教主是本教前任教主，身患重症，退休隱居於杭州，這才將教務交到東方兄弟手裏，怎說得上是反教大叛徒？東方兄弟，你明明白白說一句，任教主到底怎麼反叛，怎麼背叛本教了？」

楊蓮亭道：「任我行疾病治愈之後，便應回歸本教，可是他卻去了少林寺，和少林、武當、嵩山諸派的掌門人勾搭，那不是反教謀叛是甚麼？他為甚麼不前來參見教主，恭聆教主的指示？」

童百熊哈哈一笑，說道：「任教主是東方兄弟的舊上司，武功見識，未必在東方兄弟之下。東方兄弟，你說是不是？」

楊蓮亭大聲喝道：「別在這裏倚老賣老了。教主待屬下兄弟寬厚，不來跟你一般見識。你若深自懺悔，明日在總壇之中，向衆兄弟說明自己的胡作非爲，保證今後痛改前非，對教主盡忠，教主或許還可網開一面，饒你不死。否則的話，後果如何，你自己也該知道。」

童百熊笑道：「姓童的年近八十，早活得不耐煩了，還怕甚麼後果？」

楊蓮亭喝道：「帶人來！」紫衫侍者應道：「是！」只聽得鐵鍊聲響，押了十餘人上殿，有男有女，還有幾個兒童。

童百熊一見到這干人進來，登時臉色大變，提氣暴喝：「楊蓮亭，大丈夫一身作事一身當，你拿我的兒孫來幹甚麼？」他這一聲呼喝，直震得各人耳鼓中嗡嗡作響。

令狐冲見居中而坐的東方不敗身子一震，心想：「這人良心未曾盡泯，見童百熊如此情急，不免心動。」

楊蓮亭笑道：「教主寶訓第三條是甚麼？你讀來聽聽！」童百熊重重「呸」了一聲，並不答話。楊蓮亭道：「童家各人聽了，那一個知道教主寶訓第三條的，唸出來聽聽。」

一個十歲左右的男孩說道：「文成武德、仁義英明教主寶訓第三條：『對敵須狠，斬草除根，男女老幼，不留一人。』」楊蓮亭道：「很好，很好！小娃娃，十條教主寶訓，你都背得出嗎？」那男孩道：「都背得出。一天不讀教主寶訓，就吃不下飯，睡不著覺。讀了教主寶訓，練武有長進，打仗有氣力。」楊蓮亭笑道：「很對，這話是誰教你的？」那男孩道：「爸爸教的。」楊蓮亭指著童百熊道：「他是誰？」那男孩道：「是爺爺。」楊蓮亭道：「你爺爺不讀教主寶訓，不聽教主的話，反而背叛教主，你說怎麼樣？」那男孩道：「爺爺不對。每個人都應該讀教主寶訓，聽教主的話。」

楊蓮亭向童百熊道：「你孫兒只是個十歲娃娃，尚且明白道理。你這大把年紀，怎地反而胡塗了？」

童百熊道：「我只跟姓任的、姓向的二人說過一陣子話。他們要我背叛教主，我可沒答允。童百熊說一是一，說二是二，決不會做對不起人的事。」他見到全家十餘口長幼全遭拿來，口氣不由得軟了下來。

楊蓮亭道：「你倘若早這麼說，也不用這麼痲煩了。現下你知錯了嗎？」

童百熊道：「我沒有錯。我沒叛教，更沒背叛教主。」

楊蓮亭嘆了口氣，道：「你既不肯認錯，我可救不得你了。左右，將他家屬帶下去，從今天起，不得給他們吃一口飯，喝一口水。」幾名紫衫侍者應道：「是！」押了十餘人便行。童百熊叫道：「且慢！」向楊蓮亭道：「好，我認錯便是。是我錯了，懇求教主網開一面。」雖然認錯，眼中如欲噴出火來。

楊蓮亭冷笑道：「剛才你說甚麼來？你說甚麼和教主共歷患難之時，我生都沒生下來，是不是？」童百熊忍氣吞聲，道：「是我錯了。」楊蓮亭道：「是你錯了？這麼說一句話，那可容易得緊啊。你在教主之前，爲何不跪？」

童百熊道：「我和教主當年是八拜之交，數十年來，向來平起平坐。」他突然提高嗓子說道：「東方兄弟，你眼見老哥哥受盡折磨，怎地不開口，不說一句話？你要老哥哥下跪於你，那容易得很。只要你說一句話，老哥哥便爲你死了，也不皺一皺眉。」

東方不敗坐著一動不動。一時大殿之中寂靜無聲，人人都望著東方不敗，等他開口。可是隔了良久，他始終沒出聲。

童百熊叫道：「東方兄弟，這幾年來，我要見你一面也難。你隱居起來，苦練《葵花寶典》，可知不知道教中故舊星散，大禍便在眉睫嗎？」東方不敗仍默不作聲。童百熊道：「你殺我不打緊，折磨我不打緊，可是將一個威震江湖數百年的日月神教毀了，那可成了千古罪人。你爲甚麼不說話？你是練功走了火，不會說話了，是不是？」

楊蓮亭喝道：「胡說！跪下了！」兩名紫衫侍者齊聲吆喝，飛腳往童百熊膝彎裏踢去。只聽得砰砰兩聲響，兩名紫衫侍者腿骨斷折，摔了出去，口中狂噴鮮血。

童百熊叫道：「東方兄弟，我要聽你親口說一句話，死也甘心。三年多來你不出一聲，教中兄弟都已動疑。」楊蓮亭怒道：「動甚麼疑？」童百熊大聲道：「疑心教主遭人暗算，給服了啞藥。爲甚麼他不說話？爲甚麼他不說話？」楊蓮亭冷笑道：「教主金口，豈爲你這等反教叛徒輕開？左右，將他帶了下去！」八名紫衫侍者應聲而上。

童百熊大呼：「東方兄弟，我要瞧瞧你，是誰害得你不能說話？」雙手舞動，鐵鍊揮起，雙足拖著鐵鍊，便向東方不敗搶去。

八名紫衫侍者見他神威凜凜，不敢逼進。楊蓮亭大叫：「拿住他，拿住他！」殿下武士只在門口高聲吶喊，不敢上殿。教中立有嚴規，教衆若攜帶兵刃踏入成德殿一步，那是十惡不赦的死罪。東方不敗站起身來，便欲轉入後殿。

童百熊叫道：「東方兄弟，別走！」加快腳步。他雙足給鐵鐐繫住，行走不快，心中一急，摔了出去。他乘勢幾個觔斗，跟著向前撲出，和東方不敗相去已不過百尺之遙。

楊蓮亭大呼：「大膽叛徒，行刺教主！衆武士，快上殿擒拿叛徒！」

任我行見東方不敗閃避之狀極爲顢頇，而童百熊與他相距尙遠，一時趕他不上，從懷中摸出三枚銅錢，運力於掌，向東方不敗擲了過去。盈盈叫道：「動手罷！」

令狐冲一躍而起，從綳帶中抽出長劍。向問天從擔架的木棍中抽出兵刃，分交任我行和盈盈，跟著用力一抽，擔架下的繩索原來是一條軟鞭。四人展開輕功，搶將上去。

只聽得東方不敗「啊」的一聲叫，額頭上中了一枚銅錢，鮮血涔涔而下。任我行發射這三枚銅錢時和他相距甚遠，擲中他額頭時力道已盡，所受的只是些肌膚輕傷。但東方不敗號稱武功天下第一，居然連這樣的一枚銅錢也避不開，自是情理之所無。

任我行哈哈大笑，叫道：「這東方不敗是假貨。」

向問天唰的一鞭，捲住了楊蓮亭的雙足，登時便將他拖倒。

東方不敗掩面狂奔。令狐冲斜刺裏兜過去，截住他去路，長劍一指，喝道：「站住！」豈知東方不敗急奔之下，竟不會收足，身子便向劍尖上撞來。令狐冲急忙縮劍，左掌輕輕拍出，東方不敗仰天直摔出去。

任我行縱身搶到，一把抓住東方不敗後頸，將他提到殿口，大聲道：「衆人聽著，這傢伙假冒東方不敗，禍亂我日月神教，大家看淸了他嘴臉。」

但見這人五官相貌，和東方不敗實在十分相似，只是此刻神色惶急，和東方不敗平素那泰然自若、胸有成竹的神態，卻有天壤之別。衆武士面面相覷，都驚得說不出話來。

任我行大聲道：「你叫甚麼名字？不好好說，我把你腦袋砸得稀爛。」

那人只嚇得全身發抖，顫聲道：「小……小……人……人……叫……叫……叫……」

向問天已點了楊蓮亭數處穴道，將他拉到殿口，喝問：「這人到底叫甚麼名字？」

楊蓮亭昂然道：「你是甚麼東西，也配來問我？我認得你是反教叛徒向問天。日月神教早將你革逐出教，你憑甚麼重回黑木崖來？」

向問天冷笑道：「我上黑木崖來，便是爲了收拾你這奸徒！」右掌一起，喀的一聲，將他左腿小腿骨斬斷。豈知楊蓮亭武功平平，爲人居然極硬朗，喝道：「你有種便將我殺了，這等折磨老子，算甚麼英雄好漢？」向問天笑道：「有這等便宜的事？」手起掌落，喀的一聲響，又將他右腿小腿骨斬斷，左手一椿，將他頓在地下。

楊蓮亭雙足著地，小腿上的斷骨戳將上來，劇痛可想而知，可是他竟不哼一聲。

向問天大拇指一翹，讚道：「好漢子！我不再折磨你便了。」在那假東方不敗肚子上輕輕一拳，問道：「你叫甚麼名字？」那人「啊」的大叫，說道：「小……小……人……名……名叫……包……包……包……」向問天道：「你姓包，是不是？」那人道：「是……是……包……包……包……」結結巴巴的半天，也沒說出叫包甚麼名字。

衆人隨即聞到一陣臭氣，只見他褲管下有水流出，原來是嚇得屎尿直流。

任我行道：「事不宜遲，咱們去找東方不敗要緊！」提起那姓包漢子，大聲道：「你們大家都瞧見了，此人冒充東方不敗，擾亂我教。咱們這就要去查明眞相。我是你們的眞正教主任我行，你們認不認得？」

衆武士均是二十來歲的青年，從未見過他，自是不識。自東方不敗接任教主，手下親信揣摩到他的心意，相識不提前任教主之事，因此這些武士連任我行的名字也沒聽見過，倒似日月神教創教數百年，自古至今便是東方不敗當教主一般。衆武士面面相覷，不敢接話。

上官雲大聲道：「東方不敗多半早給楊蓮亭他們害死了。這位任教主，便是本教教主。自今而後，大夥兒須得盡忠於任教主。」說著便向任我行跪下，說道：「屬下參見任教主，教主千秋萬載，一統江湖！」

眾武士認得上官雲是本教職位極高的大人物，見他向任我行參拜，又見東方教主確是冒充假貨，而權勢顯赫的楊蓮亭給人折斷雙腿，拋在地下，更沒半分反抗之力，便有數人搶先向任我行跪倒，都是些平素擅於吹牛拍馬之徒，大聲道：「教主千秋萬載，一統江湖！」其餘眾武士先後跟著跪倒。那「教主千秋萬載，一統江湖」十字，大家每日裏都說上好幾遍，說來順口純熟之至。

任我行哈哈大笑，一時之間，志得意滿，說道：「你們嚴守上下黑木崖的通路，任何人不得上崖下崖。」眾武士齊聲答應。

這時向問天已呼過紫衫侍者，將童百熊的銬鐐打開。童百熊關心東方不敗的安危存亡，抓起楊蓮亭後頸，喝道：「你……你……你一定害死了我那東方兄弟，你……你……」心情激動，喉頭哽咽，兩行眼淚流將下來。

楊蓮亭雙目一閉，不去睬他。童百熊一個耳光打過去，喝道：「我那東方兄弟到底怎樣了？」向問天忙叫：「下手輕些！」但已不及，童百熊只使了三成力，卻已將楊蓮亭打得暈了過去。童百熊拚命搖晃他身子，楊蓮亭雙眼翻白，便似死了一般。

任我行向一干紫衫侍者道：「有誰知道東方不敗下落的，儘速稟告，重重有賞。」連問三句，沒人答話。

霎時之間，任我行心中一片冰涼。他困囚西湖湖底十餘年，除練功之外，便是想像脫困之後，如何折磨東方不敗，天下快事，無逾於此。那知今日來到黑木崖上，找到的竟是個假貨。顯然東方不敗早已不在人世，否則以他的機智武功，怎容得楊蓮亭如此胡作非爲，命人來假冒他？而折磨楊蓮亭和這姓包的混蛋，又有甚麼意味？

他向數十名散站殿周的紫衫侍者瞧去，只見有些人顯得十分恐懼，有些惶惑，有些隱現狡譎之色。任我行失望之餘，煩躁已極，喝道：「你們這些傢伙，明知東方不敗是假貨，卻夥同楊蓮亭欺騙教下兄弟，個個罪不容誅！」身子一晃，欺將過去，啪啪啪啪四聲輕響，手掌到處，四名紫衫侍者哼也不哼一聲，便即斃命。其餘侍者駭然驚呼，四散逃開。任我行獰笑道：「想逃！逃到那裏去？」拾起地下從童百熊身上解下來的銬鐐鐵鍊，向人叢中猛擲過去，登時血肉橫飛，又有七八人斃命。任我行哈哈大笑，叫道：「跟隨東方不敗的，一個都活不了！」

盈盈見父親舉止有異，大有狂態，叫道：「爹爹！」過去牽住了他手。

忽見衆侍者中走出一人，跪下說道：「啓稟教主，東方教……東方不敗還沒死！」

任我行大喜，搶過去抓住他肩頭，問道：「東方不敗沒死？」那人道：「是！啊！」

大叫一聲，暈了過去，原來任我行激動之下，用力過巨，竟捏碎了他雙肩肩骨。任我行將他身子搖了幾下，這人始終沒轉醒。他轉頭向衆侍者喝道：「東方不敗在那裏？快快帶路！遲得片刻，一個個都殺了。」

一名侍者跪下說道：「啓稟教主，東方不敗所居處所十分隱秘，只楊蓮亭知道如何開啓秘門。咱們把這姓楊的反教叛徒弄醒過來，他能帶引教主前往。」

任我行道：「快取冷水來！」這些紫衫侍者都是十分伶俐之徒，當即有五人飛奔出殿，卻只三人回來，各自端了一盆冷水，其餘兩人卻逃走了。三盆冷水都潑在楊蓮亭頭上。只見他慢慢睜開眼睛，醒了過來。

向問天道：「姓楊的，我敬重你是條硬漢，不來折磨於你。此刻黑木崖上下通路早已斷絕，東方不敗如非身有雙翼，否則沒法逃脫。你快帶我們去找他，男子漢大丈夫，何必藏頭露尾？大家爽爽快快的作個了斷，豈不痛快？」

楊蓮亭冷笑道：「東方教主天下無敵，你們膽敢去送死，眞再好也沒有了。好，我就帶你們去見他。」

向問天對上官雲道：「上官兄，我二人暫且做一下轎夫，抬這傢伙去見東方不敗。」說著抓起楊蓮亭，將他放上擔架。上官雲道：「是！」和向問天二人抬起了擔架。楊蓮亭道：「向裏面走！」

向問天和上官雲抬著他在前領路。任我行、令狐冲、盈盈、童百熊四人跟隨其後。

一行人走到成德殿後，經過一道長廊，到了一座花園之中，走入西首一間小石屋。楊蓮亭道：「推左首牆壁。」童百熊伸手推去，那牆原來是活的，露出一扇門來。門後尚有一道鐵門。楊蓮亭從身邊摸出一串鑰匙，交給童百熊，打開了鐵門，裏面是一條地道。

衆人從地道一路向下。地道兩旁點著幾盞油燈，昏燈如豆，一片陰沉沉地。任我行心想：「東方不敗這廝將我關在西湖湖底，那知道報應不爽，他自己也身在牢籠。這條地道，比之孤山梅莊的也好不了多少。」不料轉了幾個彎，前面豁然開朗，露出天光。衆人突然聞到一陣花香，胸襟爲之一爽。

從地道中出來，竟是置身於一個極精致的小花園中，紅梅綠竹，青松翠柏，布置得極具匠心，池塘中數對鴛鴦悠游其間，池旁有四隻白鶴。衆人萬料不到會見到這等美景，無不暗暗稱奇。繞過一堆假山，一個大花圃中盡是深紅和粉紅的玫瑰，爭芳競艷，嬌麗無儔。

盈盈側頭向令狐冲瞧去，見他臉孕笑容，甚是喜悅，低聲問：「你說這裏好不好？」令狐冲微笑道：「咱們把東方不敗趕跑後，我和你在這裏住上幾個月，你教我彈琴，那才叫快活呢。」盈盈道：「你這話可不是騙我？」令狐冲道：「就怕我學不會，婆婆可別責罰。」盈盈嗤的一聲，笑了出來。
兩人觀賞美景，便落了後，見向問天和上官雲抬著楊蓮亭已走進一間精雅小舍，令狐冲和盈盈忙跟著進去。一進門，便聞到一陣濃洌花香。房中掛著一幅仕女圖，圖中繪著三個美女，椅上鋪了繡花錦墊。令狐冲心想：「這是女子的閨房，怎地東方不敗住在這裏？是了，這是他愛妾的居所。他身處溫柔鄉中，不願處理教務了。」
只聽得內室一人說道：「蓮弟，你帶誰一起來了？」聲音尖銳，嗓子卻粗，似是男子，又似女子，令人一聽之下，不由得寒毛直豎。
楊蓮亭道：「是你的老朋友，他非見你不可。」
內室那人道：「你爲甚麼帶他來？這裏只你一人才能進來。除了你之外，我誰也不愛見。」最後這兩句說得嗲聲嗲氣，顯然是女子聲調，但聲音卻明明是男人。
任我行、向問天、盈盈、童百熊、上官雲等和東方不敗都甚熟悉，這聲音確然是他，只是恰如捏緊喉嚨學唱花旦一般，嬌媚做作，卻又不像是開玩笑。各人面面相覷，盡皆駭異。楊蓮亭嘆了口氣，道：「不行啊，我不帶他來，他便要殺我。我怎能不見你一面而死？」
房內那人尖聲道：「有誰這樣大膽，敢欺侮你？是任我行嗎？你叫他進來！」
任我行聽他只憑一句話便料到是自己，不禁深佩他的才智，作個手勢，示意各人進去。上官雲掀起繡著一叢牡丹的錦緞門帷，將楊蓮亭抬進，眾人跟著入內。

房內花團錦簇，脂粉濃香撲鼻，珠簾旁一張梳妝枱畔坐著一人，身穿粉紅衣衫，左手拿著一個繡花綳架，右手持著一枚繡花針，抬起頭來，臉有詫異之色。

但這人臉上的驚訝神態，卻又遠不如任我行等人之甚。除令狐冲之外，眾人都認得這人明明便是奪取了日月神教教主之位、十餘年來號稱武功天下第一的東方不敗。可是此刻他剃光了鬍鬚，臉上竟施了脂粉，身上那件衣衫式樣男不男、女不女，顏色之妖，便穿在盈盈身上，也顯得太嬌艷、太刺眼了些。

這樣一位驚天動地、威震當世的武林怪傑，竟然躲在閨房之中刺繡！

任我行本來滿腔怒火，這時卻也忍不住好笑，喝道：「東方不敗，你在裝瘋嗎？」

東方不敗尖聲道：「果然是任教主！你終於來了！蓮弟，你……你……怎麼了？是給他打傷了嗎？」撲到楊蓮亭身旁，把他抱起，輕輕放在床上。東方不敗臉上一副愛憐橫溢的神情，連問：「疼得厲害嗎？」又道：「只斷了腿骨，不要緊的，你放心好啦，我立刻給你接好。」慢慢給他除了鞋襪，拉過薰得噴香的繡被，蓋在他身上，便似一個賢淑的妻子服侍丈夫一般。

眾人不由得相顧駭然，人人想笑，只這情狀太過詭異，卻又笑不出來。錦帷珠簾、富麗燦爛的繡房之中，竟充滿了陰森森的妖氛鬼氣。

東方不敗從身邊摸出一塊綠綢手帕，緩緩爲楊蓮亭拭去額頭的汗水和泥污。楊蓮亭怒道：「大敵當前，你跟我這般婆婆媽媽幹甚麼？你能打發得了敵人，再來跟我親熱不遲。」東方不敗微笑道：「是，是！你別生氣，腿上痛得厲害，是不是？眞叫人心疼。」如此怪事，任我行、令狐冲等皆是從所未見，從所未聞。男風孌童固所在多有，但東方不敗以堂堂教主之尊，何以竟會甘扮女子，自居妾婦？此人定然瘋了。楊蓮亭對他說話，聲色俱厲，他卻顯得十分的「溫柔嫻淑」，人人既感奇怪，又有些噁心。

童百熊忍不住踏步上前，叫道：「東方兄弟，你……你到底在幹甚麼？」東方不敗抬起頭來，陰沉著臉，問道：「傷害我蓮弟的，也有你在內嗎？」童百熊道：「你爲甚麼受楊蓮亭這廝擺弄？他叫一個混蛋冒充了你，任意發號施令，胡作非爲，你可知道麼？」

東方不敗道：「我自然知道。蓮弟是爲我好，對我體貼。他知我無心處理教務，代我操勞，有甚麼不好？」童百熊指著楊蓮亭道：「這人要殺我，你也知道麼？」東方不敗緩緩搖頭，道：「我不知道。蓮弟既要殺你，定是你不好。你爲甚麼不讓他殺了？」

童百熊一怔，仰起頭來，哈哈大笑，笑聲中盡是悲憤之意，笑了一會，才道：「他要殺我，你便讓他殺我，是不是？」

東方不敗道：「蓮弟喜歡幹甚麼，我便得給他辦到。當世就只他一人眞正待我好，我也只待他一個好。童大哥，咱們一向是過命的交情，不過你不應該得罪我的蓮弟啊。」

童百熊滿臉脹得通紅，大聲道：「我還道你是失心瘋了，原來你心中明白得很，知道咱們是好朋友，一向是過命的交情。」東方不敗道：「正是。你得罪我，那沒甚麼。得罪我蓮弟，卻是不行。」童百熊大聲道：「我已經得罪他了，你待怎地？這奸賊想殺我，可是未必能如願。」

東方不敗伸手輕輕撫摸楊蓮亭的頭髮，柔聲道：「蓮弟，你想殺了他嗎？」楊蓮亭怒道：「快快動手！婆婆媽媽的，令人悶煞。」東方不敗笑道：「是！」轉頭向童百熊道：「童兄，今日咱們恩斷義絕，須怪不了我。」

童百熊來此之前，已從殿下武士手中取了一柄單刀，當即退了兩步，抱刀在手，立個門戶。他素知東方不敗武功了得，此刻雖見他瘋瘋顛顛，畢竟不敢有絲毫輕忽，抱元守一，凝目而視。

東方不敗冷冷一笑，嘆道：「這可眞教人爲難了！童大哥，想當年在太行山之時，潞東七虎向我圍攻。其時我練功未成，又遭他們忽施偷襲，右手受了重傷，眼見得命在頃刻，若不是你捨命相救，做兄弟的又怎能活得到今日？」童百熊哼了一聲，道：「你竟還記得這些舊事。」

東方不敗道：「我怎不記得？當年我接掌日月神教大權，朱雀堂羅長老心中不服，囉裏囉唆，是你一刀將羅長老殺了。從此本教之中，再也沒第二人敢有半句異言。你這擁戴的功勞，可著實不小啊。」童百熊氣憤憤的道：「只怪我當年胡塗！」

東方不敗搖頭道：「你不是胡塗，是對我義氣深重。我十一歲上就識得你了。那時我家境貧寒，全蒙你多年救濟。我父母故世後無以爲葬，喪事也是你代爲料理的。」童百熊左手一擺，道：「過去之事，提來幹麼？」東方不敗嘆道：「那可不得不提。童大哥，做兄弟的不是沒良心，不顧舊日恩情，只怪你得罪了我蓮弟。他要取你性命，我這叫做無法可施。」童百熊大叫：「罷了，罷了！」

突然之間，衆人只覺眼前有一團粉紅色的物事一閃，似乎東方不敗的身子動了一下。但聽得噹的一聲響，童百熊手中單刀落地，跟著身子晃了幾晃。

只見童百熊張大了口，忽然身子向前直撲下去，俯伏在地，就此一動也不動了。他摔倒時雖只一瞬之間，但任我行等高手均已看得清楚，他眉心、左右太陽穴、鼻下人中四處大穴上，都有一個細小紅點，微微有血滲出，顯是給東方不敗以手中繡花針所刺。

任我行等大駭之下，不由自主都退了幾步。令狐冲左手將盈盈一扯，自己擋在她身前。一時房中一片寂靜，誰也沒喘一口大氣。

任我行緩緩拔出長劍，說道：「東方不敗，恭喜你練成了《葵花寶典》上的武功。」東方不敗道：「任教主，這部《葵花寶典》是你傳給我的。我一直念著你的好處。」

任我行冷笑道：「是嗎？因此你將我關在西湖湖底，教我不見天日。」東方不敗道：「我沒殺你，是不是？只須我叫江南四友不送水給你喝，你能捱得十天半月嗎？」任我行道：「這樣說來，你待我還算不錯了？」東方不敗道：「正是。我讓你在杭州西湖頤養天年。常言道，上有天堂，下有蘇杭。西湖風景，那是天下有名的了，孤山梅莊，更是西湖景色絕佳之處。」任我行哈哈一笑，道：「原來你讓我在西湖湖底的黑牢中頤養天年，可要多謝你了。」

東方不敗嘆了口氣，道：「任教主，你待我的種種好處，我永遠記得。我在日月神教，本來只是風雷堂長老座下一名副香主，你破格提拔，連年升我的職，甚至連本教至寶《葵花寶典》也傳了給我，指定我將來接替你爲本教教主。此恩此德，東方不敗永不敢忘。」

令狐冲向地下童百熊的屍體瞧了一眼，心想：「你剛才不斷讚揚童長老對你的好處，突然之間，對他猛下殺手。現下你又想對任教主重施故技了。他可不會上你這個當。」

但東方不敗出手實在太過迅捷，如雷閃，如雷轟，事先又沒半分朕兆，委實可畏可怖。令狐冲提起長劍，指住了他胸口，只要他四肢微動，立即便挺劍疾刺，只有先行攻擊，方能制他死命，倘若讓他佔了先機，這房中又將有一人殞命了。任我行、向問天、上官雲、盈盈四人也都目不轉瞬的注視著東方不敗，防他暴起發難。

只聽東方不敗又道：「初時我一心一意只想做日月神教教主，想甚麼千秋萬載，一統江湖，於是處心積慮的謀你的位，翦除你的羽翼。向兄弟，我這番計謀，可瞞不過你。日月神教之中，除了任教主和我東方不敗之外，要算你是個人才了。」

向問天手握軟鞭，屏息凝氣，竟不敢分心答話。

東方不敗嘆了口氣，說道：「我初當教主，那可意氣風發了，說甚麼文成武德，中興聖教，當眞是不要臉的胡吹法螺。直到後來修習《葵花寶典》，才慢慢悟到了人生妙諦。其後勤修內功，數年之後，終於明白了天人化生、萬物滋長的要道。」

衆人聽他尖著嗓子說這番話，漸漸的手心出汗，這人說話有條有理，腦子十分清楚，可是這副不男不女的妖異模樣，令人越看越心中發毛。

東方不敗的目光緩緩轉到盈盈臉上，問道：「任大小姐，這幾年來我待你怎樣？」盈盈道：「你待我很好。」東方不敗又嘆了口氣，幽幽的道：「很好是談不上，只不過我一直很羨慕你。一個人生而爲女子，已比臭男子幸運百倍，何況你這般千嬌百媚，青春年少。我若得能和你易地而處，別說是日月神教的教主，就是皇帝老子，我也不做。」

令狐冲笑道：「你若和任大小姐易身而處，要我死心塌地的愛上你這老妖怪，可有點不容易！」

任我行等聽他這麼說，都是一驚。

東方不敗雙目凝視著他，眉毛漸漸豎起，臉色發青，說道：「你是誰？竟敢如此對我說話，膽子當眞不小。」這幾句話音尖銳之極，顯得憤怒無比。

令狐冲明知危機已迫在眉睫，卻也忍不住笑道：「是鬚眉男兒漢也好，是千嬌百媚的姑娘也好，我最討厭的，是男扮女裝的老旦。」東方不敗尖聲怒道：「我問你，你是誰？」令狐冲道：「我叫令狐冲。」

東方不敗怒色登斂，微微一笑，說道：「啊！你便是令狐冲。我早想見你一見，聽說任大小姐愛煞了你，爲了你連頭都割得下來，可不知是如何一位英俊的郎君。哼，我看也平平無奇，比起我那蓮弟來，可差得遠了。」

令狐冲笑道：「在下沒甚麼好處，勝在用情專一。這位楊君雖然英俊，就可惜太過喜歡拈花惹草，到處留情，愛上的美女俊男太多……」

東方不敗突然大吼：「你……你這混蛋，胡說甚麼？」一張臉脹得通紅，突然間粉紅色人影一晃，繡花針向令狐冲疾刺。

令狐冲說那兩句話，原是要惹他動怒，但見他衣袖微擺，便即唰的一劍，向他咽喉疾刺過去。這一劍刺得快極，東方不敗若不縮身，立即便會利劍穿喉。但便在此時，令狐冲只覺左頰微微一痛，跟著手中長劍向左盪開。

東方不敗出手之快，委實難以想像，在這電光石火的一刹那間，他已用針在令狐冲臉上刺了一下，跟著縮回手臂，用針擋開了令狐冲這一劍。幸虧令狐冲這一劍刺得也是極快，又是攻敵之所不得不救，而東方不敗大怒之下攻敵，不免略有心浮氣粗，這一針才刺得偏了，沒刺中他人中要穴。東方不敗手中這枚繡花針長不逾寸，幾乎是風吹得起，落水不沉，竟能撥得令狐冲的長劍直盪開去，武功之高，當眞不可思議。

令狐冲大驚之下，知道今日遇到了生平從所未見的強敵，只要一給對方有施展手腳的餘暇，自己立時性命不保，當即唰唰唰唰疾出四劍，都是刺向對方要害。

東方不敗「咦」的一聲，讚道：「劍法很高啊。」左一撥，右一撥，上一撥，下一撥，將令狐冲刺來的四劍盡數撥開。令狐冲凝目看他出手，這繡花針四下撥擋，周身竟沒半分破綻，當此危在瞬息之際，決不容他出手回刺，大喝一聲，長劍當頭直砍。東方不敗右手大拇指和食指拈住繡花針，向上橫舉，擋住來劍，長劍便砍不下去。

令狐冲手臂微感酸麻，見紅影閃動，似有一物向自己左目戳來。此刻既不及擋架，又不及閃避，百忙中長劍顫動，也向東方不敗的左目急刺，竟欲拚個兩敗俱傷。

這一下劍刺敵目，已跡近無賴，殊非高手可用的招數，但令狐冲所學的「獨孤劍法」本無招數，他爲人又隨隨便便，素來不以高手自居，危急之際更不暇細思，但覺左邊眉間微微一痛，東方不敗已跳了開去，避開了他這一劍。

令狐冲心知自己左眉已爲他繡花針所刺中，幸虧他要閃避自己長劍這一刺，繡花針才失了準頭，否則一隻眼睛已給他刺瞎了，駭異之餘，長劍便如疾風驟雨般狂刺亂劈，不容對方緩出手來還擊一招。東方不敗左撥右擋，兀自好整以暇的嘖嘖連讚：「好劍法，好劍法！」

任我行和向問天見情勢不對，一挺長劍，一揮軟鞭，同時上前夾擊。這當世三大高手聯手出戰，勢道何等凌厲，但東方不敗兩根手指拈著一枚繡花針，在三人之間穿來插去，趨退如電，竟沒半分敗象。上官雲拔出單刀，衝上助戰，以四敵一。鬥到酣處，猛聽得上官雲大叫一聲，單刀落地，一個觔斗翻了出去，雙手按住右目，這隻眼睛已給東方不敗刺瞎。

令狐冲見任我行和向問天二人攻勢猛迅，東方不敗已緩不出手來向自己攻擊，當下展動長劍，儘往他身上各處要害刺去。但東方不敗的身形如鬼如魅，飄忽來去，直似輕煙。令狐冲的劍尖劍鋒總是和他身子差著數寸。

忽聽得向問天「啊」的一聲叫，跟著令狐冲也「嘿」的一聲，二人身上先後中針。任我行所練的「吸星大法」功力雖深，但東方不敗身法快極，難與相觸，再者所使兵刃是一根繡花針，沒法從針上吸他內力。又鬥片刻，任我行也「啊」的一聲叫，胸口、喉頭都受到針刺，幸好其時令狐冲攻得正急，東方不敗急謀自救，以致一針刺偏了準頭，另一針刺得雖準，卻只深入數分，未能傷敵。

四人圍攻東方不敗，未能碰到他一點衣衫，而四人都受了他的針刺。盈盈在旁觀戰，越來越躭心：「不知他針上是否餵有毒藥，要是有毒，可不堪設想！」但見東方不敗身子越轉越快，一團紅影滾來滾去。任我行、向問天、令狐冲連聲吆喝，聲音中透著既憤怒又惶急。三人兵刃上都貫注了內力，風聲大作。東方不敗卻不發出半點聲息。

盈盈暗想：「我若加入混戰，只有阻手阻腳，幫不了忙，那可如何是好？看來東方不敗以一敵三，還能取勝。」一瞥眼間，見楊蓮亭已撐腰坐起，凝神觀鬥，滿臉關切。盈盈心念一動，慢慢移步走向床邊，突然左手短劍一起，嗤的一聲，刺在楊蓮亭右肩。楊蓮亭猝不及防，大叫一聲。盈盈跟著又是一劍，斬中他大腿。

楊蓮亭這時已知她用意，是要自己呼叫出聲，分散東方不敗的心神，強忍疼痛，竟再也不哼一聲。盈盈怒道：「你叫不叫？我把你手指一根根斬了下來。」長劍一顫，斬落了他右手一根手指。不料楊蓮亭十分硬氣，雖傷口劇痛，卻沒發出半點聲息。

但楊蓮亭的第一聲呼叫已傳入東方不敗耳中。他斜眼見到盈盈站在床邊，正揮劍折磨楊蓮亭，罵道：「死丫頭！」一團紅雲斗向盈盈撲去。

盈盈忙側頭縮身，也不知是否能避得開東方不敗刺來的這一針。令狐冲、任我行雙劍向東方不敗背上疾刺。向問天唰的一鞭，向楊蓮亭頭上砸去。東方不敗不顧自己生死，反手一針，刺入了向問天胸口。

向問天只覺全身酸麻，軟鞭落地，便在此時，令狐冲和任我行兩柄劍都插入了東方不敗後心。東方不敗身子一顫，撲在楊蓮亭身上。

任我行大喜，拔出劍來，以劍尖指住他後頸，喝道：「東方不敗，今日終於……終於教你落在我手裏。」劇鬥之餘，說話時氣喘不已。

盈盈驚魂未定，雙腿發軟，身子搖搖欲墜。令狐冲搶過去扶住，只見細細一行鮮血，從她左頰流下。盈盈卻道：「你可受了不少傷。」伸袖在令狐冲臉上一抹，只見袖上斑斑點點，都是鮮血。令狐冲轉頭問向問天：「受傷不重罷？」向問天苦笑道：「死不了！」

東方不敗背上兩處傷口中鮮血狂湧，受傷極重，不住呼叫：「蓮弟，蓮弟，這批奸人折磨你，好不狠毒！」

楊蓮亭怒道：「你往日自誇武功蓋世，為甚麼殺不了這幾個奸賊？」東方不敗道：「我已……我……」楊蓮亭怒道：「你甚麼？」東方不敗道：「我已盡力而為，他們……武功都強得很！」突然身子一晃，滾倒在地。任我行怕他乘機躍起，一劍斬上他左腿。

東方不敗苦笑道：「任教主，終於是你勝了，是我敗了。」任我行哈哈大笑，道：「你這大號，可得改一改罷？」東方不敗搖頭道：「那也不用改。東方不敗既然落敗，也不會再活在世上。」他本來說話聲音極尖，此刻卻變得低沉起來，又道：「倘若單打獨鬥，我不會敗給你。」

任我行微一猶豫，說道：「不錯，你武功比我高，我很佩服。」東方不敗道：「令狐冲，你劍法極高，但如單打獨鬥，也打不過我。」令狐冲道：「正是。其實我們便四人聯手，也打你不過，只不過你顧著那姓楊的，這才分心受傷。閣下武功極高，不愧爲『天下第一』，在下十分欽佩。」

東方不敗微微一笑，道：「你二位能這麼說，足見男子漢大丈夫氣概。唉，冤孽，冤孽，我練那《葵花寶典》，照著寶典上的秘方，煉丹服藥，自……唉，漸漸的鬍子沒有了，說話聲音變了，性子也變了。我從此不愛女子，把七個小妾都殺了，卻……卻把全副心意放在楊蓮亭這鬚眉男子身上。倘若我生爲女兒身，那就好了。任教主，我……我就要死了，我求你一件事，請……請你瞧在我這些年來善待你大小姐的份上……」

任我行問道：「甚麼事？」東方不敗道：「請你饒了楊蓮亭一命，將他逐下黑木崖去便是。」任我行笑道：「我要將他千刀萬剮，分一百天凌遲處死，今天割一根手指，明天割半根腳趾。」

東方不敗怒叫：「你……你好狠毒！」猛地縱起，向任我行撲去。

他重傷之餘，身法已遠不如先前迅捷，但這一撲之勢仍凌厲驚人。任我行長劍直刺，從他前胸通到後背。便在此時，東方不敗手指一彈，繡花針飛了出去，插入了任我行右目。

任我行撤劍後躍，砰的一聲，背脊撞在牆上，喀喇喇一響，一堵牆給他撞塌了半邊。盈盈忙搶前瞧父親右眼，只見那枚繡花針正插在瞳仁之中。幸好其時東方不敗手勁已衰，否則這針直貫入腦，不免性命難保，但這隻眼珠恐怕終不免廢了。

盈盈伸指去抓繡花針的針尾，但鋼針甚短，露出在外者不過一分，實無著手處。她轉過身來，拾起東方不敗拋下的繡花綳子，抽了一根絲線，款款輕送，穿入針鼻，拉住絲線，向外一拔。任我行大叫一聲。那繡花針帶著幾滴鮮血，掛在絲線之下。

任我行怒極，飛腿猛向東方不敗的屍身上踢去。屍身飛將起來，砰的一聲響，撞在楊蓮亭頭上。任我行盛怒之下，這一腿踢出時使足了勁力，東方不敗和楊蓮亭兩顆腦袋一撞，盡皆頭骨破碎，腦漿迸裂。

任我行得誅大仇，重奪日月神教教主之位，卻也由此而失了一隻眼睛，一時喜怒交迸，仰天長笑，聲震屋瓦。但笑聲之中，卻也充滿了憤怒之意。

上官雲道：「恭喜教主，今日誅卻大逆。從此我教在教主庇蔭之下，揚威四海。教主千秋萬載，一統江湖。」

任我行笑罵：「胡說八道！甚麼千秋萬載？」忽覺倘若眞能千秋萬載，一統江湖，確是人生至樂，忍不住又哈哈大笑。這一次大笑，那才是眞的稱心暢懷，志得意滿。

向問天給東方不敗一針刺中左乳下穴道，全身麻了好一會，此刻四肢才得自如，也道：「恭喜教主，賀喜教主！」任我行笑道：「這一役誅奸復位，你實佔首功。」轉頭向令狐冲道：「冲兒的功勞自也不小。」

令狐冲見到盈盈皎白如玉的臉頰上一道殷紅的血痕，想起適才的惡戰，兀自心有餘悸，說道：「若不是盈盈去對付楊蓮亭，要殺東方不敗，可當眞不易。」頓了一頓，又道：「幸好他繡花針上沒餵毒。」

盈盈身子一顫，低聲道：「別說啦。這不是人，是妖怪。唉，我小時候，他常抱著我去山上採果子遊玩，今日卻變得如此下場。」

任我行伸手到東方不敗衣衫袋中，摸出一本薄薄的舊册頁，隨手一翻，其中密密麻麻的寫滿了字，正是那本《葵花寶典》。他握在手中揚了揚，心道：「這《葵花寶典》要訣注明：『欲練神功，引刀自宮。煉丹服藥，內外齊通。』老夫可不會沒了腦子，去幹這等儍事，哈哈，哈哈……」隨即又想：「可是寶典上所載的武功實在厲害，任何學武之人，一見之後決不能不動心。那時候幸好我已學得『吸星大法』，否則跟著去練這寶典上的害人功夫，卻也難說。」

他在東方不敗屍身上又踢了一腳，笑道：「饒你奸詐似鬼，也猜不透老夫傳你《葵花寶典》的用意。你野心勃勃，意存跋扈，難道老夫瞧不出來嗎？哈哈，哈哈！」

令狐冲心中一寒：「原來任教主以《葵花寶典》傳他，當初便就沒懷善意。兩人爾虞我詐，各懷機心。」見任我行右目中不絕流出鮮血，張嘴狂笑，顯得十分的面目猙獰，心中更感到一陣驚怖。

任我行伸手到東方不敗胯下一摸，果然他的兩枚睪丸已然割去，心想：「這部《葵花寶典》要是教太監去練，那就再好不過。」將《葵花寶典》放在雙掌中力搓，內力到處，一本原已十分陳舊的册頁登時化作碎片。他雙手揮揚，許多碎片隨風吹到了窗外。

盈盈雖不明《葵花寶典》的精義，但見東方不敗練了這門功夫後，變成這等不男不女的模樣，也猜得到其中包含不少奸邪法門，見父親將書毀去，吁了一口氣道：「這種害人東西，毀了最好！」令狐冲笑道：「你怕我去練麼？」盈盈滿臉通紅，啐了一口，道：「說話就沒半點正經。」

盈盈取出金創藥，爲父親及上官雲敷了眼上針傷。各人臉上給刺出的針孔，一時也難計數。盈盈對鏡一照，見左頰上劃了一道血痕，雖然極細，傷愈之後，只怕仍要留下些微痕跡，不由得鬱鬱不樂。

令狐冲道：「你佔盡了天下的好處，未免爲鬼神所妒，臉上小小破一點相，那便後福無窮。」盈盈道：「我佔盡了甚麼天下的好處？」令狐冲道：「你聰明美貌，武功高強，父親是神教教主，自己又爲天下豪傑所敬服。兼之身爲女子，千嬌百媚，青春年少，東方不敗就羨慕得不得了。」盈盈給他逗得噗哧一笑，登時將臉上受傷之事擱在一旁。

任我行等五人從東方不敗的閨房中出來，經過花園、地道，回入殿中。

任我行傳下號令，命各堂長老、香主，齊來會見。他坐入教主的座位，笑道：「東方不敗這廝倒有不少鬼主意，高高在上的坐著，下屬和他相距既遠，敬畏之心自是油然而生。這叫做甚麼殿啊？」

上官雲道：「啓稟教主，這叫作『成德殿』，那是頌揚教主文成武德之意。」任我行呵呵而笑，道：「文成武德！文武全才，可不容易哪。」向令狐冲招招手，道：「冲兒，你過來。」令狐冲走到他座位之前。

任我行道：「冲兒，當日我在杭州，邀你加盟本教。其時我光身一人，甫脫大難，許下的種種諾言，你都未必能信，此刻我已復得教主之位，第一件事便舊事重提……」說到這裏，右手在椅子扶手上拍了幾拍，道：「這個位子，遲早都是你坐的，哈哈！」

令狐冲道：「教主、盈盈待我恩重如山，你要我做甚麼事，原不該推辭。只是我已答允了人，有一件大事要辦，加盟神教之事，請恕晚輩不能奉命。」

任我行雙眉漸漸豎起，陰森森道：「不聽我吩咐，日後會有甚麼下場，你該知道！」

盈盈移步上前，挽住令狐冲的手，道：「爹爹，今日是你重登大位的好日子，何必爲這種小事傷神？他加盟本教之事，慢慢再說不遲。」

任我行側著一隻左目，向二人斜睨，鼻中哼了一聲，道：「盈盈，你就只要丈夫，不要爹爹了，是不是？」

向問天在旁陪笑道：「教主，令狐兄弟是位少年英雄，性子執拗得很，待屬下慢慢開導於他……」正說到這裏，殿外有十餘人朗聲說道：「玄武堂屬下長老、堂主、副堂主，五枝香香主、副香主參見文成武德、仁義英明聖教主。教主中興聖教，澤被蒼生，千秋萬載，一統江湖。」

任我行喝道：「進殿！」只見十餘條漢子走進殿來，一排跪下。

任我行以前當日月神教教主，與教下部屬兄弟相稱，相見時只抱拳拱手而已，突見衆人跪下，當即站起，將手一擺，道：「不必……」心下忽想：「無威不足以服衆。當年我教主之位爲奸人篡奪，便因待人太過仁善。這跪拜之禮既是東方不敗定下了，我也不必取消。」當下將「多禮」二字縮住了不說，跟著坐下。

不多時，又有一批人入殿參見，向他跪拜時，任我行便不再站起，只點了點頭。

令狐冲這時已退到殿口，與教主的座位相距已遙，燈光又暗，遠遠望去，任我行的容貌已頗爲矇矓，忽想：「坐在這位子上的，是任我行還是東方不敗，卻有甚麼分別？」

只聽得各堂堂主和香主讚頌之辭越說越響，顯然衆人心懷極大恐懼，自知過去十餘年來爲東方不敗盡力，言語之中，更不免有得罪前任教主之處，今日任教主重登大位，倘若要算舊帳，不知會受到如何慘酷的刑罰。更有一干新進，從來不知任我行是何等人，只知努力奉承東方不敗和楊蓮亭便可升職免禍，料想換了教主仍是如此，是以人人大聲頌揚。

令狐冲站在殿口，太陽光從背後射來，殿外一片明朗，陰暗的長殿之中卻有近百人伏在地下，口吐頌辭。他心下說不出厭惡，尋思：「盈盈對我如此，她如眞要我加盟日月神教，我原非順她之意不可。待得我去了嵩山，阻止左冷禪當上五嶽派的掌門，對方證大師和冲虛道長二位有了交代，再在恆山派中選出女弟子來接任掌門，我身一獲自由，加盟神教，也可商量。可是要我學這些人的樣，豈非枉自為人？我日後娶盈盈為妻，任教主是我岳父，向他磕頭跪拜，原是應有之義，可是甚麼『中興聖教，澤被蒼生』，甚麼『文成武德，仁義英明』，男子漢大丈夫整日價說這些無恥的言語，當眞玷污了英雄豪傑的清白！我當初只道這些無聊的玩意兒，只是東方不敗與楊蓮亭想出來折磨人的手段，但瞧這情形，任教主聽著這些諛詞，竟也欣然自得，絲毫不覺得肉麻！」

又想：「當日在華山思過崖後洞石壁之上，見到魔教十長老所刻下的武功，曾想魔教前輩之中，著實有不少英雄好漢。若非如此，日月教焉能與正教抗衡百年，互爭雄長，始終不衰？即以當世之士而論，向大哥、上官雲、賈布、童百熊、孤山梅莊中的江南四友，那一個不是奇材傑出之士？這樣一羣英雄豪傑，身處威逼之下，每日不得不向一人跪拜，口中唸唸有辭，心底暗暗詛咒。言者無恥，受者無禮！其實受者逼人行無恥之事，自己更加無恥。這等屈辱天下英雄，自己又怎能算是英雄好漢？」

只聽得任我行洋洋得意的聲音從長殿彼端傳了出來，說道：「你們以前都在東方不敗手下服役，所幹過的事，本教主暗中早已查得清清楚楚，一一登錄在案。但本教主寬大爲懷，只瞧各人今後如何，決不會追究前事，翻算老帳。今後只須大家盡忠本教主，本教主自當善待爾等，共享榮華富貴。」

瞬時之間，殿中頌聲大作，都說教主仁義蓋天，胸襟如海，大人不計小人過，衆部屬自當謹奉教主令旨，忠字當頭，赴湯蹈火，萬死不辭，立下決心，爲教主盡忠到底。

任我行待衆人說了一陣，聲音漸漸靜了下來，又道：「但若有誰膽敢作逆造反，不服令旨，那便嚴懲不貸。一人有罪，全家老幼凌遲處死。」

衆人齊聲道：「屬下萬萬不敢。」

令狐冲聽這些人話聲顫抖，顯得十分害怕，暗道：「任教主還是和東方不敗一樣，以恐懼之心威懾教衆。衆人面子上恭順，心底卻憤怒不服，這個『忠』字，從何說起？」

只聽得有人向任我行揭發東方不敗的罪惡，說他如何忠言逆耳，偏信楊蓮亭一人，如何亂殺無辜，賞罰有私，愛聽恭維的言語，禍亂神教。有人說他敗壞本教教規，亂傳黑木令，強人服食三尸腦神丸。另有一人說他飲食窮侈極欲，吃一餐飯往往宰三頭牛、五口豬、十口羊。

令狐冲心道：「一個人食量再大，又怎食得三頭牛、五口豬、十口羊？他定是宴請朋友或是與衆部屬同食。東方不敗身為一教之主，宰幾頭牛羊，又怎算是甚麼罪行？」

但聽各人所提東方不敗罪名，越來越多，也越來越瑣碎。有人罵他喜怒無常，哭笑無端；有人罵他愛穿華服，深居不出。更有人說他見識膚淺，愚蠢胡塗；另有一人說他武功低微，全仗裝腔作勢嚇人，其實沒半分眞實本領。

令狐冲尋思：「你們指罵東方不敗如何如何，我也不知你們說得對不對。可是適才我們五人敵他一人，個個死裏逃生，險些兒盡數命喪他繡花針下。倘若東方不敗武功低微，世上更無一個武功高強之人了。當眞胡說八道之至。」

接著又聽一人說東方不敗荒淫好色，強搶民女，淫辱教衆妻女，生下私生子無數。

令狐冲心想：「東方不敗早已甘心化身為女子，只愛男人，不喜女色，甚麼淫辱婦女，生下私生子無數，哈哈，哈哈！」他想到這裏，再也忍耐不住，不由得笑出聲來。

這一縱聲大笑，登時聲傳遠近。長殿中各人一齊轉過頭來，向他怒目而視。

盈盈知他闖了禍，搶過來挽住了他手，道：「冲哥，他們在說東方不敗的事，沒甚麼聽的，咱們到崖下逛逛去。」令狐冲伸了伸舌頭，笑道：「可別惹你爹爹生氣。」

二人並肩而出，經過那座漢白玉的牌樓，從竹簍中掛了下去。

二人偎倚著坐在竹簍之中，眼見輕煙薄霧從身旁飄過，與崖上長殿中的情景換了另一個世界。令狐冲向黑木崖上望去，但見日光照在那漢白玉牌樓上，發出閃閃金光，心下感到一陣快慰：「我終於離此而去，昨晚的事情便如做了一場惡夢。從此而後，說甚麼也不再踏上黑木崖來了。」

盈盈道：「冲哥，你在想甚麼？」令狐冲道：「你能和我一起去嗎？」盈盈臉上一紅，道：「我們……我們……」令狐冲道：「甚麼？」盈盈低頭道：「我們又沒成婚，我……我怎能跟著你去？」令狐冲道：「以前你不也和我一起在江湖行走？」盈盈道：「那是迫不得已，何況，也因此惹起了不少閒言閒語。剛才爹爹說我……說我只向著你，不要爹爹了，倘若我跟了你去，爹爹一定大大不高興。爹爹受了這十幾年牢獄之災，性子很有些不同了，我想多陪陪他。只要你我此心不渝，今後咱們相聚的日子可長著呢。」說到最後這兩句話，聲音細微，幾不可聞。

恰好一團白雲飄來，將竹簍和二人都裹在雲中。令狐冲望出來時但覺矇矇矓矓，盈盈雖偎依在他身旁，可是和她相距卻又似極遠，好像她身在雲端，伸手不可觸摸。

竹簍到得崖下，二人跨出簍外。盈盈低聲道：「你這就要去了？」令狐冲道：「左冷禪邀集五嶽劍派於三月十五聚會，推舉五嶽派掌門。他野心勃勃，勢將不利於天下英雄。嵩山之會，我是必須去的。」盈盈點了點頭，道：「冲哥，左冷禪劍術非你敵手，但你須提防他詭計多端。」令狐冲應道：「是。」

盈盈道：「我本該跟你一起去，只不過我是魔教妖女，倘若和你同上嵩山，有礙你的大計。」她頓了一頓，黯然道：「待得你當上了五嶽派掌門，名震天下，咱二人正邪不同，那……那……那可更加難了。」

令狐冲握住她手，柔聲道：「到這時候，難道你還信不過我麼？」盈盈淒然一笑，道：「信得過！」隔了一會，幽幽的道：「只是我覺得，一個人武功越練越高，在武林中名氣越來越大，往往性子會變。他自己並不知道，可是種種事情，總是和從前不同了。東方叔叔是這樣，我躭心爹爹說不定也會這樣。」令狐冲微笑道：「你爹爹不會去練《葵花寶典》上的武功，那寶典早已給他撕得粉碎，便是想練，也不成了。」

盈盈道：「我不是說武功，是說一個人的性子。東方叔叔就算不練《葵花寶典》，他當上了日月神教的教主，大權在手，生殺予奪，自然而然的會狂妄自大起來。」

令狐冲道：「盈盈，你不妨躭心別人，卻決不必爲我躭心。我生就一副浪子性格，永不會裝模作樣。就算我再狂妄自大，在你面前，永遠永遠就像今天這樣。」

盈盈嘆了口氣，道：「那就好了。」隨即笑問：「像今天這樣，是怎麼樣？」令狐冲正色道：「千秋萬載，萬載千秋，令狐冲是婆婆跟前的一個乖孫子。」盈盈嫣然一笑，道：「這樣，我才眞正佔盡了天下的好處。甚麼千嬌百媚，青春年少，全不打緊。

千秋萬載，萬載千秋，我任盈盈也永遠是令狐大俠身邊的一個乖女孩。」

令狐冲忽然想起一事，說道：「我倆的事，早已天下皆知。給你充軍到東海荒島的那些朋友們，可以讓他們回來了罷？」盈盈微笑道：「我就派人去接他們回來就是。」

令狐冲拉近她身子，輕輕摟了摟她，說道：「我這就向你告辭。嵩山的大事一了，我便來尋你，自此而後，咱二人也不分開了。」盈盈眼中一亮，閃出異樣的神采，低聲道：「但願你事事順遂，早日前來。我……我在這裏日日夜夜望著。」令狐冲道：「是了！」伸嘴在她臉頰上輕輕一吻。盈盈滿臉飛紅，嬌羞無限。

令狐冲哈哈大笑，牽過馬來，上馬出了日月教。

嵩山絕巔獨立天心，萬峯在下。其時雲開日朗，纖翳不生，北望遙見成皋玉門，黃河有如一線，西向隱隱見到洛陽伊闕，東南兩方皆是重重疊疊的山峯。

三二　併派

不一日，令狐冲回到恆山。在山腳下守望的恆山弟子望見了，報上山去，羣弟子齊來迎接。接著居於恆山別院中的羣豪，也一窩蜂的擁來相見。令狐冲問起別來情況。祖千秋道：「啓稟掌門人，男弟子們都住在別院，沒一人敢上主峯，規矩得很。」令狐冲喜道：「那就好極！」

儀和笑道：「他們確是誰也沒上主峯來，至於是否規矩得很，只怕未必。」令狐冲問：「怎麼？」儀和道：「我們在主庵之中，白天晚上，總聽得通元谷中喧嘩無比，沒片刻安靜。」令狐冲哈哈大笑，道：「要這些朋友們有片刻安靜，可就難了。」

令狐冲當下簡略說了任我行奪回教主之位的事。羣豪歡聲雷動，叫嚷聲響徹山谷。大家都想：「任教主奪回大位，聖姑自然權重。大夥兒今後的日子一定好過得多。」

令狐冲上了見性峯，到無色庵中，在定閒等三位師太靈位前磕了頭，與儀和、儀清等大弟子商議，離三月十五嵩山之會已無多日，恆山派該當首途去河南了。儀和等都說，爲了對抗嵩山派的併派之議，帶同通元谷羣豪上嵩山固然聲勢浩大，但難免引得泰山、衡山、華山三派的非議，也讓左冷禪多了反對恆山派的藉口。

儀和道：「掌門師兄劍法上勝過左冷禪，出任五嶽派掌門人就已順理成章，但如通元谷的大批仁兄在旁，勢必多生枝節。」令狐冲微笑道：「咱們的主旨是讓左冷禪吞併不了其餘四派。我做恆山派掌門人已挺不像樣，更不用說做五嶽派掌門人了。大家都說不帶通元谷這些仁兄們去嵩山，那麼不帶便是。」

他去通元谷悄悄向計無施、祖千秋、老頭子三人說了。計無施等也說以不帶通元谷羣豪爲妥，要令狐冲帶同衆女弟子先去，他三人自會向羣豪解釋明白。大夥兒在通元谷準備好了候命，一面安排人手，傳遞訊息，倘若嵩山派要倚多爲勝，通元谷恆山下院的近千弟子便即大舉南下嵩山赴援。當晚令狐冲和羣豪縱酒痛飲，喝得爛醉如泥，原定次日動身前赴嵩山，但酒醒時日已過午，一切都未收拾定當，只得順延一日。到第二日早晨，令狐冲才率同一衆女弟子向嵩山進發。

一行人行了數日，這天來到一處市鎭，衆人在一座破敗的大祠堂中做飯休息。鄭萼等七名女弟子出外四下查察，以防嵩山派又搞甚麼陰謀詭計。

過不多時，鄭萼和秦絹飛步奔來，叫道：「掌門師兄，快來看！」兩人臉上滿是笑容，顯是見到了滑稽之極的事。儀和忙問：「甚麼事？」秦絹笑道：「師姊你自己去看。」令狐冲等跟著她二人奔進一家客店，走到西邊廂一間客房門外，只見一張炕上幾人疊成一團，正是桃谷六仙。六人都動彈不得。

令狐冲大爲駭異，忙走進房中，將放在最上的桃根仙抱下，見他身上給點了穴道，口中塞有一個麻核桃，便給他挖出。桃根仙立時破口大罵：「你奶奶的，你十八代祖宗個個不得好死，十八代灰孫子個個生下來沒屁股眼……」令狐冲笑道：「喂，桃根仙大哥，我可沒得罪你啊。」桃根仙道：「我怎麼敢罵你？你別纏夾！這狗娘養的，老子見了他，將他撕成八塊、十六塊、三十四塊……」令狐冲問道：「你罵誰？」桃根仙道：「他奶奶的，老子不罵他罵誰？」

令狐冲又將餘下五人中堆得最高的桃花仙抱下，取出了他口中麻核。

麻核只取出一半，桃花仙便已急不及待，嘰哩咕嚕的含糊說話，待得麻核離口，便道：「大哥，你說得不對，八塊的一倍是十六塊，十六塊的一倍是三十二塊，你怎麼說是三十四塊？」桃根仙道：「我偏偏喜歡說三十四塊，卻又怎地？我又沒說是一倍？我心中想的是一倍加二。」桃花仙道：「爲甚麼一倍加二？可沒道理。」兩人身上穴道尚未解開，只嘴巴一得自由，立即辯了起來。

令狐冲笑道：「兩位且別吵，到底是怎麼回事？」

桃花仙罵道：「不戒和不可不戒這兩個臭和尚，他祖宗十八代個個是臭和尚！」

令狐冲笑道：「怎麼罵起不戒大師來啦？」桃根仙道：「不罵他罵誰？你不告而別，祖千秋跟大夥兒一說，我六兄弟怎能不去嵩山瞧瞧熱鬧？自然跟了來啦。我們還要搶在你頭裏。走到這裏，遇見了不可不戒這臭和尚，假裝跟我們喝酒，又說見到六隻狗子咬死一頭大蟲，騙我們出去瞧。那知道他太師父不戒這臭和尚卻躲在門角落裏，冷不防把我們一個個都點了穴道，像堆柴草般堆在一起，說道我們如上嵩山，定要壞了令狐掌門的大事。他奶奶的，我們怎會壞你的大事？」

令狐冲這才明白，笑道：「這一次是桃谷六仙贏了，不戒大師輸了。下次你們六兄弟見到他師徒倆，千萬不能提起這件事，更不可跟他們二人動手。否則的話，天下英雄好漢問起原因，都知道不戒大師折在桃谷六仙手裏，他面目無光，太丟人了。」

桃根仙和桃花仙連連點頭，說道：「下次見到這兩個臭和尚，我們只裝作沒事人一般便了，免得他師徒倆難以做人。」令狐冲笑道：「趕快解開這幾位的穴道要緊，他們可給慭得狠了。」當下伸手替桃花仙解了穴道，走出房外，帶上了房門，以免聽他六兄弟纏夾不清的爭吵。

鄭萼笑問：「掌門師兄，這六兄弟在幹甚麼？」秦絹笑道：「他們在疊羅漢。」桃花仙聽到了，隔房罵出來：「小尼姑，胡說八道，誰說我們是在疊羅漢？」秦絹笑道：「我可不是小尼姑。」桃根仙道：「你和小尼姑在一起，也就是小尼姑了。」秦絹道：「令狐掌門跟我們在一起，他也是小尼姑嗎？」鄭萼笑道：「你和我們在一起，那麼你們六兄弟也都是小尼姑了。」桃根仙和桃花仙無言以對，互相埋怨，都怪對方不好，以致弄得自己也變成了小尼姑。

令狐冲和儀和等在房外候了好半晌，始終不見桃谷六仙出來。令狐冲又推門入內，卻見桃花仙笑吟吟的走來走去，始終沒給五兄弟解開穴道。令狐冲哈哈大笑，忙伸手給五人都解了穴道，急速退出房外。但聽得砰嘭、喀喇之聲大作，房中已打成一團。

令狐冲笑嘻嘻的走開，轉了個彎，行出數丈，便到了田邊小路之上。但見一株桃樹上生滿了蓓蕾，只待春風一至，便即盛開，心想：「這桃花何等嬌艷，可是桃谷六仙卻又這等顛三倒四，和桃樹可拉不上半點干係。」

他閒步一會，心想六兄弟的架該打完了，不妨便去跟他們一起喝酒，忽聽得身後腳步聲輕響，有個女子聲音叫道：「掌門師兄！」令狐冲轉過身來，見是儀琳。她走上前來，輕聲道：「我問你一句話，成不成？」令狐冲微笑道：「當然成啊，甚麼事？」儀琳道：「到底你喜歡任大小姐多些，還是喜歡你那個姓岳的小師妹多些？」

令狐冲一怔，微感尷尬，道：「你怎麼忽然問起這件事來？」儀琳道：「是儀和、儀淸師姊她們叫我問的。」令狐冲更感奇怪，微笑道：「她們怎地想到要問這些話？」儀琳低下了頭，道：「令狐師兄，你小師妹的事，我從來沒跟旁人說過。那日儀和師姊劍傷岳小姐，雙方生了嫌隙。儀眞、儀靈兩位師姊奉你之命送去傷藥，華山派非但不收，還把兩位師姊轟了出來。大家怕惹你生氣，也沒敢跟你說。後來于嫂和儀文師姊又上華山去，報知你接任恆山掌門，卻讓華山派給扣了起來。」

令狐冲微微一驚，道：「你怎知道？」儀琳忸怩道：「是那田……不可不戒說的。」令狐冲道：「田伯光？」儀琳道：「正是。你去了黑木崖之後，師姊們叫他上華山去探聽訊息。」令狐冲點頭道：「田伯光輕功了得，打探消息，不易爲人發覺。他見到了報訊的兩位師姊？」儀琳道：「是。不過華山派看守得很嚴，他若不傷人，沒法相救，好在兩位師姊也沒吃苦。我寫給他的條子上說，千萬不可得罪了華山派，更加不得動手傷人，以免惹你生氣。」令狐冲微笑道：「你寫了條子對他說，倒像是師父的派頭！」儀琳臉上一紅，道：「我在見性峯，他在通元谷，有事通知他，只好寫了條子，叫佛婆送去給他。」令狐冲笑道：「是了，我是說笑話。田伯光又說些甚麼？」

儀琳道：「他說見到一場喜事，你從前的師父招女婿……」突然之間，只見令狐冲臉色大變，她心下驚恐，便停了口。

令狐冲喉頭哽住，呼吸艱難，喘著氣道：「你說好啦，不……不要緊。」聽到自己語音乾澀，幾乎不像是自己說的話。

儀琳柔聲道：「令狐師兄，你別難過。儀和、儀清師姊她們都說，任大小姐雖是魔教中人，但容貌既美，武功又高，對你又一心一意，那一點都比岳小姐強上十倍。」

令狐冲苦笑道：「我難過甚麼？小師妹有了個好歸宿，我歡喜還來不及呢。他……他……田伯光見到了我小師妹……」

儀琳道：「田伯光說，華山玉女峯上張燈結綵，熱鬧得很，各門各派中有不少人到賀。岳先生卻沒通知咱們恆山派，竟把咱們當作敵人看待。」

令狐冲點了點頭。儀琳又道：「于嫂和儀文師姊好意去華山報訊。他們不派人送禮，不來祝賀你接任掌門，那也罷了，幹麼卻將報訊的使者扣住了不放？」令狐冲呆呆出神，沒回答她的話。儀琳又道：「儀和、儀清兩位師姊說，他華山派行事不講道理，咱們也不能太客氣了。在嵩山見到了，咱們應該當衆質問，叫他們放人。要不，咱們自行去把兩位師姊先救了出來。」令狐冲又點了點頭。儀琳見他失神落魄的模樣，嘆了口氣，柔聲道：「令狐師兄，你自己保重。」緩步走開。

令狐冲見她漸漸走遠，喚道：「師妹！」儀琳停步回頭。令狐冲問道：「和我師妹成親的，是……是……」

儀琳點頭道：「是！便是那個姓林的。」她快步走到令狐冲面前，拉住他右手衣袖，說道：「令狐師兄，那姓林的沒半分及得上你。岳小姐是個胡塗人，才嫁給他，師姊們怕你生氣，一直沒敢跟你說。可是桃谷六仙說，我爹爹和田伯光便在左近。田伯光見到了你，多半會跟你說。就算田伯光不說，再過幾天，便上嵩山了，定會遇上岳小姐和她丈夫。那時你見到她改了裝，穿著新媳婦打扮，說不定……說不定……有礙大事。大家都說，倘若任大小姐在你身邊，那就好了。衆師姊叫我來勸勸你，別把那個又胡塗又沒良心的岳姑娘放在心上。」

令狐冲臉露苦笑，心想：「她們都關心我，怕我傷心，因此一路上對我加意照顧。」忽覺手背上落上幾滴水點，一側頭，只見儀琳正自流淚，奇道：「你……你怎麼了？」

儀琳淒然道：「我見到你傷心的……傷心的模樣，令狐師兄，你如要哭，就……就哭出聲來好了。」

令狐冲哈哈一笑，道：「我為甚麼要哭？令狐冲是個無行浪子，為師父師娘所不齒，早給逐出了師門。小師妹怎會……怎會……哈哈！」縱聲大笑，發足往山道上奔去。

這一番奔馳，直奔出二十餘里，到了一處荒無人跡的所在，只覺悲從中來，不可抑制，撲在地下，放聲大哭。哭了好一會，心中才稍感舒暢，尋思：「我這時回去，雙目紅腫，若教儀和她們見了，不免笑話於我，不如晚上再回去罷。」但轉念又想：「我久出不歸，她們定然躭心。大丈夫要哭便哭，要笑便笑。令狐冲苦戀岳靈珊，天下知聞。

她棄我有若敝屣，我若不傷心，反倒是矯情做作了。」

當下放開腳步，回到鎮尾的破祠堂中。儀和、儀清等正散在各處找尋，見他回來，無不喜動顏色，又見他雙目紅腫，誰也不敢多說多問。桌上早已安排了酒菜，令狐冲自斟自酒，大醉之後，伏案而睡。

數日後到了嵩山腳下，離會期尚有兩天。等到三月十五正日，令狐冲率同衆弟子，一早動身上山。走到半山，四名嵩山弟子下來迎接，執禮甚恭，說道：「嵩山末學後進，恭迎恆山派令狐掌門大駕，敝派左掌門在山上恭候。」又說：「泰山、衡山、華山三派的師伯叔和師兄們，昨天便都已到了。令狐掌門和衆位師姊到來，嵩山派上下盡感榮寵。」

令狐冲一路上山，只見山道上打掃乾淨，每過數里，便有幾名嵩山弟子備了茶水點心，迎接賓客，足見嵩山派這次安排得甚是周到，但也由此可見，左冷禪對這五嶽派掌門之位志在必得，決不容有人阻攔。

行了一程，又有幾名嵩山弟子迎了上來，和令狐冲見禮，說道：「崑崙、峨嵋、崆峒、青城各派的掌門人和前輩名宿，今日都要聚會嵩山，參與五嶽派推舉掌門人大典。崑崙和青城派的各位都已到了。令狐掌門來得正好，大家都在山上候你大駕。」這幾人眉宇之間頗有傲色，聽他們語氣，顯然認爲五嶽派掌門一席，說甚麼也脫不出嵩山掌門的掌心。

又行一程，忽聽得水聲如雷，峭壁上兩條玉龍直掛下來，雙瀑並瀉，屈曲迴旋，飛躍奔逸。衆人自瀑布之側上峯。嵩山派領路的弟子說道：「這叫作勝觀峯。令狐掌門，你看比之恆山景物卻又如何？」令狐冲道：「恆山靈秀而嵩山雄偉，風景都是挺好的。」那人道：「嵩山位居天下之中，在漢唐二朝邦畿之內，原是天下羣山之首。令狐掌門請看，這等氣象，無怪歷代帝王均建都於嵩山之麓了。」其意似說嵩山爲羣山之首，嵩山派也當爲諸派的領袖。令狐冲微微一笑，道：「不知我輩江湖豪士，跟帝皇親貴拉得上甚麼干係？左掌門常結交官府嗎？」那人臉上一紅，便不再說。

由此而上，山道越來越險，領路的嵩山派弟子一路指點，道：「這是青岡峯，青岡坪。這是大鐵梁峽，小鐵梁峽。」鐵梁峽之右盡是怪石，其左則是萬仞深壑，渺不見底。一名嵩山弟子拾起一塊大石拋下壑去，大石和山壁相撞，初時轟然如雷，其後聲響漸小，終至杳不可聞。儀和道：「請問這位師兄，今日來到嵩山的有多少人啊？」那漢子道：「少說也有二千人了。」儀和道：「每一個客人上山，你們都投一塊大石示威，過不多時，這山谷可讓你們嵩山派給塡滿了。」那漢子哼了一聲，並不答話。

轉了一個彎，前面雲霧迷濛，山道上有十餘名漢子手執兵刃，攔在當路。一人陰森森的道：「令狐冲幾時上來？朋友們倘若見到，跟我瞎子說一聲。」

令狐冲見說話之人鬚髯似戟，臉色陰森可怕，一雙眼卻是瞎的，再看其餘各人時，竟個個都是瞎子，不由得心中一凜，朗聲道：「令狐冲在此，閣下有何見教？」

他一說「令狐冲在此」五字，十幾名瞎子立時齊聲大叫大罵，挺著兵刃，便欲撲上，都罵：「令狐冲賊小子，你害得我好苦，今日這條命跟你拚了。」

令狐冲登時省悟：「那晚華山派荒廟遇襲，我以新學的獨孤九劍劍法刺瞎了不少敵手的眼睛。這些人的來歷一直猜想不出，此刻想來，自是嵩山派所遣，不料今日在此處重會。」一眼見地勢險惡，這些人倘若拚命，只要給其中一人抱住，不免一齊墮下萬丈深谷。又見引路的嵩山弟子嘴角含笑，一副幸災樂禍之意，尋思：「我在龍泉鑄劍谷所殺嵩山派人物著實不少，今日上得嵩山，可半分大意不得。」說道：「這些瞎朋友，是嵩山派門下的弟子嗎？請閣下叫他們讓路。」那嵩山弟子笑道：「他們不是敝派的。在下說出來的話管不了事。還是請令狐掌門自行打發的好。」

忽聽得一人大聲喝道：「老子先打發了你再說。」正是不戒和尚到了。他身後跟著不可不戒田伯光。不戒大踏步走上前去，一伸手，抓住兩名嵩山弟子，向眾瞎子投將過去，叫道：「令狐冲來也！」眾瞎子揮兵刃亂砍亂劈，總算兩名嵩山弟子武功不低，身在半空，仍能拔劍抵擋，大叫：「是嵩山派自己人，快讓開了！」

眾瞎子急忙閃避，亂成一團。不戒搶上前去，又抓住了兩名嵩山弟子，喝道：「你不叫這些瞎子們讓開，老子把你這兩個混蛋拋了下去。」雙臂運勁，將二人向天投去。不戒和尚膂力雄健無比，兩名嵩山弟子給他投向半空，直飛上七八丈，登時魂飛魄散，齊聲慘叫，只道這番定是跌入了下面萬丈深谷，頃刻間便成爲一團肉泥了。

不戒和尚待他二人跌落，雙臂齊伸，又抓住了二人後頸，說道：「要不要再來一次？」一名漢子忙道：「不……不要了！」另一名嵩山弟子甚是乖覺，大聲叫道：「令狐冲，你往那裏逃？眾位瞎子朋友，快追，快上山追！」

十餘名瞎子聽了，信以爲眞，拔足便向山上追去。田伯光怒道：「令狐掌門的名字，也是你這小子叫得的？」伸手啪啪兩記耳光，大聲呼喚：「令狐大俠在這裏！令狐掌門在這裏！那一個瞎子有種，便過來領教他的劍法。」

眾瞎子受了嵩山弟子的慫恿，又想到雙目被令狐冲刺瞎的仇怨，滿腔憤怒，便在山道上守候，但聽得兩名嵩山弟子的慘呼，不由得心寒，跟著在山道上來回亂奔，雙目不能見物，一時無所適從，茫然站立。

令狐冲、不戒、田伯光及恆山諸弟子從眾瞎子身畔走過，更向上行。陡見雙峯中斷，天然現出一道門戶，疾風從斷絕處吹出，雲霧隨風撲面而至。不戒喝道：「這叫作甚麼所在？怎地變啞巴了？」那嵩山弟子苦著臉道：「這叫作朝天門。」

眾人折向西北，又上了一段山路，望見峯頂的曠地之上，無數人眾聚集。引路的數名嵩山弟子加快腳步，上峯報訊。跟著便聽得鼓樂聲響起，歡迎令狐沖等上峯。

左冷禪身披土黃色布袍，率領了二十名弟子，走上幾步，拱手相迎。令狐沖此刻雖是恆山掌門，但先前一直叫他「左師伯」，畢竟是後輩，便躬身行禮，說道：「晚輩令狐沖，拜見嵩山掌門。」左冷禪道：「多日不見，令狐世兄丰采尤勝往昔。世兄英俊年少而執掌恆山派門戶，開武林中千古未有之局面，可喜可賀。」他向來冷口冷面，這時口中說「可喜可賀」，臉上神色，卻絕無絲毫「可喜可賀」的模樣。

令狐沖明白他言語中皮裏陽秋，說甚麼「開武林中千古未有之局面」，其實是諷刺他以男子而做羣尼的領袖，「英俊年少」四字，更不懷好意，說道：「晚輩奉定閒師太遺命，執掌恆山門戶，志在為兩位師太復仇雪恨。報仇大事一了，自當退位讓賢。」

他說著這幾句話時，雙目緊緊和左冷禪的目光相對，瞧他臉上是否現出慚色，抑或有憤怒憎恨之意，卻見左冷禪臉上連肌肉也不牽動一下，說道：「五嶽劍派向來同氣連枝，今後五派歸一，定閒、定逸兩位師太的血仇，不單是恆山之事，也是我五嶽派之事。令狐兄弟有志於此，那好得很啊。」他頓了一頓，說道：「泰山天門道兄、衡山莫大先生、華山岳先生，以及前來觀禮道賀的不少武林朋友都已到達，請過去相見罷。」

令狐沖道：「是。少林方證大師和武當冲虛道長到了沒有？」左冷禪淡淡的道：「他二位住得雖近，但自持身分，是不會來的。」說著向令狐沖瞪了一眼，目光中深有恨意。令狐冲一怔，便即省悟：「我接任掌門，這兩位武林前輩親臨道賀。左冷禪卻以為他們今日不會來，因此不但恨上了方證大師和冲虛道長，對我可恨得更加厲害了。」

便在此時，忽見山道上兩名黃衣弟子疾奔而上，全力快跑，顯是身有急事。峯頂上諸人不約而同的都向這二人瞧去。不多時兩人奔到左冷禪身前，稟道：「恭喜師父，少林寺方丈方證大師、武當派掌門冲虛道長，率領兩派門人弟子，正上山來。」

左冷禪道：「他二位老人家也來了？那可客氣得很啊。這可須得下去迎接了。」他語氣似乎沒將這件事放在心上。但令狐冲見他衣袖微微顫動，心中喜悅之情畢竟難以遮掩。

在嵩山絕頂的羣雄聽到少林方證大師、武當冲虛道長齊到，登時聳動，不少人跟在左冷禪之後，迎下山去。令狐冲和恆山弟子避在一旁，讓衆人下山。

只見泰山派天門道人、衡山派莫大先生，以及丐幫幫主解風、青城派掌門松風觀觀主余滄海、聞先生等前輩名宿，果然都已到了。令狐冲和衆人一一見禮，忽見黃牆後轉出一羣人來，正是師父、師娘和華山派一衆師弟師妹。他心中一酸，快步搶前，跪下磕頭，說道：「令狐冲拜見兩位老人家。」

岳不羣身子一側，冷冷的道：「令狐掌門何以行此大禮？那不是笑話奇談嗎？」令狐冲拜畢站起，退立道側。岳夫人眼圈一紅，說道：「聽說你當了恆山派掌門。以後只須不再胡鬧，也未始不能安身立命。」岳不羣冷笑道：「他不再胡鬧？那是日頭從西方出來了。他第一日當掌門，恆山派便收了成千名旁門左道的人物，那還不夠胡鬧？聽說他又跟大魔頭任我行聯手，殺了東方不敗，讓任我行重登魔教教主寶座。恆山派掌門人居然去參預魔教這等大事，還不算胡鬧得到了家嗎？」

令狐冲道：「是，是。」不願多說此事，岔開了話題：「今日嵩山之會，瞧左師伯的用意，是要五嶽劍派合而為一，合成一個五嶽派。不知二位老人家意下如何？」岳不羣問道：「你意下如何？」令狐冲道：「弟子……」岳不羣微笑道：「『弟子』二字，那不用提了。你倘若還念著昔日華山之情，那就……那就……」微微沉吟，似乎以下的話不易措詞。

令狐冲自給逐出華山門牆以來，從未見過岳不羣對自己如此和顏悅色，忙道：「你老人家有何吩咐，弟子……晚輩無有不遵。」

岳不羣點頭道：「我也沒甚麼吩咐，只不過我輩學武之人，最講究的是正邪是非之辨。當日你不能再在華山派耽下去，並不是我和你師娘狠心，不能原宥你的過失，實在你是犯了武林大忌。我雖將你自幼撫養長大，待你有如親生兒子，卻也不能徇私。」

令狐冲聽到這裏，眼淚涔涔而下，哽咽道：「師父師娘的大恩，弟子粉身碎骨，也難以報答。」岳不羣輕拍他肩頭，意示安慰，又道：「那日在少林寺中，鬧到我師徒二人兵刃相見。我所使的那幾招劍招，其中實含深意，盼你回心轉意，重入我華山門牆。

但你堅執不從，可令我好生灰心。」

令狐沖垂首道：「那日在少林寺中胡作非爲，弟子當眞該死。如得重列師父門牆，原是弟子畢生大願。」岳不羣微笑道：「這句話，只怕有些口是心非了。你身爲恆山一派掌門，指揮號令，一任己意，那是何等風光，何等自在，又何必重列我夫婦門下？再說，以你此刻武功，我又怎能再做你師父？」說著向岳夫人瞧了一眼。

令狐沖聽得岳不羣口氣鬆動，竟有重新收自己爲弟子之意，心中喜不自勝，雙膝一屈，便即跪下，說道：「師父、師娘，弟子罪大惡極，今後自當痛改前非，遵奉師父、師娘的教誨。只盼師父、師娘慈悲，收留弟子，重列華山門牆。」

只聽得山道上人聲喧嘩，羣雄簇擁著方證大師和沖虛道人，上得峯來。岳不羣低聲道：「你起來，這件事慢慢商量不遲。」令狐沖大喜，又磕了個頭，道：「多謝師父、師娘！」這才站起。

岳夫人又悲又喜，說道：「你小師妹和你林師弟，上個月在華山已成……成了親。」她口氣頗有些擔憂，生怕令狐沖所以如此急切的要重回華山，只是爲了岳靈珊，一聽到她嫁人的訊息，就算不發作吵鬧，也非大失所望不可。

令狐沖心中一陣酸楚，微微側頭，向岳靈珊瞧去，只見她已改作了少婦打扮，衣飾頗爲華麗，但容顏一如往昔，並無新嫁娘那種容光煥發的神情。

她目光和令狐冲一觸，突然間滿臉通紅，低下頭去。

令狐冲胸口便如給大鐵鎚重重打了一下，霎時間眼前金星亂冒，身子搖晃，站立不定，耳邊隱隱聽得有人說道：「令狐掌門，你是遠客，反先到了。少林寺和峻極禪院近在咫尺，老衲卻來得遲了。」令狐冲覺得有人扶住了自己左臂，定了定神，見方證大師笑容可掬的站在身前，忙道：「是，是！」拜了下去。

左冷禪朗聲道：「大夥兒不用多禮了。否則幾千人拜來拜去，拜到明天也拜不完。請進禪院坐地。」

嵩山絕頂，古稱「峻極」。嵩山絕頂的峻極禪院本是佛教大寺，其後改爲道家，近百年來成爲嵩山派掌門的住所。左冷禪的名字中雖有一個「禪」字，卻非佛門弟子，其武功屬於道家。

羣雄進得禪院，見院子中古柏森森，殿上並無佛像，大殿雖也甚大，比之少林寺的大雄寶殿卻有不如，進來還不到千人，已連院子中也站滿了，後來者更無插足之地。

左冷禪朗聲道：「我五嶽劍派今日聚會，承蒙武林中同道友好賞臉，光臨者極衆，大出在下意料之外，以致諸般供應，頗有不足，招待簡慢，還望各位勿怪。」羣豪中有人大聲道：「不用客氣啦，只不過人太多，這裏站不下。」左冷禪道：「由此後院更上二百步，是古時帝皇封禪嵩山的封禪台，地勢寬闊，本來極好。只是咱們布衣草莽，來到封禪台上議事，流傳出去，有識之士未免要譏刺諷嘲，說咱們太過僭越了。」

古代帝皇爲了表彰自己功德，往往有封禪泰山、或封禪嵩山之舉，向上天呈表遞文，乃國家盛事。這些江湖豪傑，又怎懂得「封禪」是怎麼回事？只覺擠在這大殿中氣悶之極，別說坐地，連呼口氣也不暢快，紛紛說道：「咱們又不是造反做皇帝，既有這等好所在，何不便去？旁人愛說閒話，去他媽的！」說話之間，已有數人衝向後院。

左冷禪道：「既是如此，大夥兒便去封禪台下相見。」

令狐冲心想：「左冷禪事事預備得十分周到，遇到商議大事之際，反讓衆人擠得難以轉身，天下寧有是理？他自是早就想要衆人去封禪台，只不好意思自己出口，卻由旁人來倡議而已。」又想：「這封禪台不知是甚麼玩意兒？他說跟皇帝有關，他引大夥兒去封禪台，難道當眞以帝皇自居麼？方證大師和冲虛道長說他野心極大，混一了五嶽劍派之後，便圖掃滅日月教，再行併吞少林、武當。嘿嘿，他和東方不敗倒是志同道合得很，『千秋萬載，一統江湖』！」

他跟隨衆人，來到封禪台下，尋思：「聽師父口氣，是肯原宥我的過失，准我重回華山門下。爲甚麼師父從前十分嚴厲，今日卻臉色甚好？是了，多半他打聽之下，得知我在恆山行爲端正，絕無穢亂恆山門戶，心中歡喜。小師妹嫁了林師弟，他二位老人家對我覺得有些過意不去，又知我沒偷盜紫霞祕笈、吞沒辟邪劍譜，以前冤枉錯了我，再加上師娘一再勸說，師父這才回心轉意。今日左冷禪力圖吞併四派，師父身為華山掌門，自要竭力抗拒。他待我好些，我就可以和他聯手，力保華山一派。這一節我自當盡力，不負他老人家期望，同時也保全了恆山派。」

封禪台為大麻石所建，每塊大石都鑿得極為平整，想像當年帝皇為了祭天祀福，不知驅使幾許石匠，始成此巨構。令狐冲細看時，見有些石塊上斧鑿之印甚新，雖已塗抹泥苔，仍可看出是新近補上，顯然這封禪台年深月久，頗已毀敗，左冷禪曾命人好好修整過一番，只是著意掩飾，不免欲蓋彌彰，反而令人看出來其居心不善。

羣豪來到這嵩山絕頂，都覺胸襟大暢。這絕巔獨立天心，萬峯在下。其時雲開日朗，纖翳不生。令狐冲向北望去，遙見成臯玉門，黃河有如一線，西向隱隱見到洛陽伊闕，東南兩方皆是重重疊疊的山峯。

只見三個老者向著南方指指點點。一人說道：「這是大熊峯，這是小熊峯，兩峯筆立並峙的是雙圭峯，三峯插雲的是三尖峯。」另一位老者道：「這一座山峯，便是少林寺所在的少室山。那日我到少林寺去，頗覺少室之高，但從此而望，少林寺原來是在嵩山腳下。」三名老者都大笑起來。令狐冲瞧這三人服色打扮並非嵩山派中人，口中卻說這等言語，以山為喻，推崇嵩山，菲薄少林。再瞧這三人雙目炯炯有光，內功大是了得，看來左冷禪這次約了不少幫手，如若有變，出手的不僅僅是嵩山一派而已。

只見左冷禪正在邀請方證大師和冲虛道長登上封禪台去。方證笑道：「我們兩個方外的昏庸老朽之徒，今日到來只是觀禮道賀，卻不用上台做戲，丟人現眼了。」左冷禪道：「方丈大師說這等話，可太過見外了。」冲虛道：「賓客都已到來，左掌門便請勾當大事，不用陪著我們兩個老傢伙了。」

左冷禪道：「如此遵命了。」向兩人一抱拳，拾級走上封禪台。上了數十級，距台頂尚有丈許，他站在石級上朗聲說道：「衆位朋友請了。」嵩山絕頂山風甚大，羣豪又散處在四下裏觀賞風景，左冷禪這一句話卻清清楚楚的傳入了各人耳中。

衆人一齊轉過頭來，紛紛走近，圍到封禪台旁。

左冷禪抱拳說道：「衆位朋友瞧得起左某，惠然駕臨嵩山，在下感激不盡。衆位朋友來此之前，想必已然風聞，今日乃我五嶽劍派協力同心、歸併爲一派的好日子。」台下數百人齊聲叫了起來：「是啊，是啊，恭喜，恭喜！」左冷禪道：「各位請坐。這裏不設桌椅，簡陋怠慢了，敬請各位貴賓見諒。」

羣雄當即就地坐下，各門各派的弟子都隨著掌門人坐在一起。

左冷禪道：「想我五嶽劍派向來同氣連枝，百餘年來攜手結盟，早便如同一家，兄弟忝爲五派盟主，亦已多歷年所。只是近年來武林中出了不少大事，兄弟與五嶽劍派的前輩師兄們商量，均覺若非聯成一派，統一號令，則來日大難，只怕不易抵擋。」

忽聽得台下有人冷冷的道：「不知左盟主跟那一派的前輩師兄們商量過了？怎地我莫某人不知其事？」說話的正是衡山派掌門人莫大先生。他此言一出，顯見衡山派是不贊成合併的。

左冷禪道：「兄弟適才說道，武林中出了不少大事，五派非合而為一不可，其中一件大事，便是咱們五派中人，自相殘殺戕害，不顧同盟義氣。莫大先生，我嵩山派弟子大嵩陽手費師弟，在衡山城外喪命，有人親眼目睹，說是你莫大先生下的毒手，不知此事可眞？」

莫大先生心中一凜：「我殺這姓費的，只劉師弟、曲洋、令狐冲，以及恆山派一名小尼姑親眼所見。其中二人已死，難道令狐冲酒後失言，又或那小尼姑少不更事，走漏風聲？」其時台下數千道目光，都集於莫大先生臉上。莫大先生神色自若，搖頭說道：「並無其事！諒莫某這一點兒微末道行，怎殺得了大嵩陽手？」

左冷禪冷笑道：「若是正大光明的單打獨鬥，莫大先生原未必能殺得了我費師弟，但如忽施暗算，以衡山派這等百變千幻的劍招，再強的高手也難免著了道兒。我們細查費師弟屍身上傷痕，創口是給人搗得稀爛了，可是落劍的部位卻改不了啊，那不是欲蓋彌彰嗎？」莫大先生心中一寬，搖頭道：「你妄加猜測，又怎作得準？」心想原來他只是憑費彬屍身上的劍創推想，並非有人洩漏，我跟他來個抵死不認便了。但這麼一來，衡山派與嵩山派總之已結下了深仇，今日是否能生下嵩山，可就難說得很。

左冷禪續道：「我五嶽劍派合而爲一，是我五派立派以來最大的大事。莫大先生，你我均是一派之主，當知大事爲重，私怨爲輕。只要於我五派有利，個人的恩怨也只好擱在一旁了。莫兄，這件事你也不用太過躭心，費師弟是我師弟，等我五派合併之後，莫兄和我也是師兄弟了。死者已矣，活著的人又何必再逞兇殺，多造殺孽？」

他這番話聽來平和，含意卻著實咄咄逼人，意思顯是說，倘若莫大先生贊同合派，那麼殺死費彬之事便一筆勾銷，否則自是非清算不可。他雙目瞪視莫大先生，問道：「莫兄，你說是不是呢？」莫大先生哼了一聲，不置可否。

左冷禪皮笑肉不笑的微微一笑，說道：「南嶽衡山派於併派之議是無異見了。東嶽泰山派天門道兄，貴派意思如何？」

天門道人站起身來，聲若洪鐘的說道：「泰山派自祖師爺東靈道長創派以來，已三百餘年。貧道無德無能，不能發揚光大泰山一派，可是這三百多年的基業，說甚麼也不能自貧道手中斷絕。這併派之議，萬萬不能從命。」

泰山派中一名白鬚道人站起身來，朗聲說道：「天門師姪這話就不對了。泰山一派，四代共有四百餘衆，可不能爲了你一個人的私心，阻撓了利於全派的大業。」衆人見這白鬚道人臉色枯槁，說話中氣卻十分充沛。有人識得他的，便低聲相告：「他是玉璣子，是天門道人的師叔。」

天門道人臉色本就紅潤，聽得玉璣子這麼說，更加脹得滿臉通紅，大聲道：「師叔你這話是甚麼意思？師姪自從執掌泰山門戶以來，那一件事不是爲了本派的聲譽基業著想？我反對五派合併，正是爲了保存泰山一派，那又有甚麼私心了？」

玉璣子嘿嘿一笑，說道：「五派合併，行見五嶽派聲勢大盛，五嶽派門下弟子，那一個不沾到光？只是師姪你這掌門人卻做不成了。」天門道人怒氣更盛，大聲道：「我這掌門人，做不做有甚干係？只泰山一派，說甚麼也不能在我手中給人吞併。」玉璣子道：「你嘴上說得漂亮，心中卻就是放不下掌門人的名位。」

天門道人怒道：「你眞道我是如此私心？」一伸手，從懷中取出了一柄黑黝黝的鐵鑄短劍，大聲道：「從此刻起，我這掌門人不做了。你要做，你就做去！」

衆人見這柄短劍貌不驚人，但五嶽劍派中年紀較長的，都知是泰山派創派祖師東靈道人的遺物，近三百年來代代相傳，已成爲泰山派掌門人的信物。

玉璣子逼上幾步，冷笑道：「你倒捨得？」天門道人怒道：「爲甚麼捨不得？」玉璣子道：「既是如此，那就給我！」右手急探，已抓住了天門道人手中的鐵劍。天門道人全沒料到他竟會眞的取劍，一怔之下，鐵劍已讓玉璣子奪了過去。他不及細想，唰的一聲，抽出了腰間長劍。玉璣子飛身退開，兩條青影晃處，兩名老道仗劍齊上，攔在天門道人面前，齊聲喝道：「天門，你以下犯上，忘了本門戒條麼？」

天門道人看這二人時，卻是玉磬子、玉音子兩個師叔。他氣得全身發抖，叫道：「二位師叔，你們親眼瞧見了，玉璣……玉璣師叔剛才幹甚麼來！」

玉音子道：「我們確是親眼瞧見了。你已把本派掌門人之位，傳給了玉璣師兄，退位讓賢，那也好得很啊。」玉磬子道：「玉璣師兄既是你師叔，眼下又是本派掌門人，你仗劍行兇，對他無禮，這是欺師滅祖、犯上作亂的大罪。」

天門道人眼見兩個師叔無理偏袒，反指責自己的不是，怒不可遏，大聲道：「我只是一時的氣話，本派掌門人之位，豈能如此草草……草草傳授，就算要讓人，他……他……他媽的，我也決不能傳給玉璣。」急怒之餘，竟忍不住口出穢語。玉音子喝道：「你說這種話，配不配當掌門人？」

泰山派人羣中一名中年道人站起身來，大聲說道：「本派掌門向來是俺師父，你們幾位師叔祖在搗甚麼鬼？」這中年道人法名建除，是天門道人的第二弟子。跟著又有一人站起來喝道：「天門師兄將掌門人之位交給了俺師父，這裏嵩山絕頂數千對眼睛都見到了，數千對耳朵都聽到了，難道是假的？天門師兄剛才說道：『從此刻起，我這掌門人不做了，你要做，你就做去！』你沒聽見嗎？」說這話的是玉璣子的弟子。

泰山派中一百幾十人齊叫：「舊掌門退位，新掌門接位！舊掌門退位，新掌門接位！」天門道人是泰山派的長門弟子，他這一門聲勢本來最盛，但他五六個師叔暗中聯手，突然同時跟他作對，泰山派來到嵩山的二百來人中，倒有一百六十餘人和他敵對。

玉璣子高高舉起鐵劍，說道：「這是東靈祖師爺的神兵。祖師爺遺言：『見此鐵劍，如見東靈。』咱們該不該聽祖師爺的遺訓？」一百多名道人大聲呼道：「掌門人說得對！」又有人叫道：「逆徒天門犯上作亂，不守門規，該當擒下發落。」

令狐冲見了這般情勢，料想這均是左冷禪暗中布置。天門道人性子暴躁，受不起激，三言兩語，便墮入了彀中。此時敵方聲勢大盛，天門又乏應變之才，徒然暴跳如雷，卻一籌莫展。令狐冲舉目向華山派人羣中望去，見師父負手而立，臉上全無動靜，心想：「玉璣子他們這等搞法，師父自是大大的不以爲然，但他老人家目前並不想插手干預，當是暫且靜觀其變。我一切唯他老人家馬首是瞻便了。」

玉璣子左手揮了幾下，泰山派的一百六十餘名道人突然散開，拔出長劍，將其餘五十多名道人圍在垓心，被圍的自然都是天門座下的徒衆了。天門道人怒吼：「你們眞要打？那就來拚個你死我活。」玉璣子朗聲道：「天門聽著：泰山派掌門有令，叫你棄劍降服，你服不服東靈祖師爺的鐵劍遺訓？」天門怒道：「呸，誰說你是本派的掌門人了？」玉璣子叫道：「天門座下諸弟子，此事與你們無干，大家抛下兵刃，過來歸順，那便概不追究，否則嚴懲不貸。」

建除道人大聲道：「你若能對祖師爺的鐵劍立下重誓，決不讓祖師爺當年辛苦締造的泰山派在江湖中除名，那麼大家擁你爲本派掌門，原也不妨。但若你一當掌門，立即將本派出賣給嵩山派，那可是本派的千古罪人，你就死了，也沒面目去見祖師爺。」

玉音子道：「你後生小子，憑甚麼跟我們『玉』字輩的前人說話？五派合併，嵩山派還不是一樣的除名？五嶽派這『五嶽』二字，就包括泰山在內，又有甚麼不好了？」

天門道人道：「你們暗中搗鬼，都給左冷禪收買了。哼，哼！要殺我可以，要我答應歸降嵩山，那是萬萬不能。」

玉璣子道：「你們不服掌門人的鐵劍號令，小心頃刻間身敗名裂，死無葬身之地。」天門道人道：「忠於泰山派的弟子們，今日咱們死戰到底，血濺嵩山。」站在他身周的羣弟子齊聲呼道：「死戰到底，決不投降！」他們人數雖少，但個個臉上現出堅毅之色。玉璣子若揮衆圍攻，一時之間未必能將他們盡數殺了。封禪台旁聚集了數千位英雄好漢，少林派方證大師、武當派冲虛道人這些前輩高人，也決不能讓他們以衆欺寡，幹這屠殺同門的慘事。玉璣子、玉磬子、玉音子等數人面面相覷，一時拿不定主意。

忽聽得左側遠處有人懶洋洋的道：「老子走遍天下，英雄好漢見得多了，然而說過了話立刻就賴的狗熊，倒是少見。」眾人齊向聲音來處瞧去，只見一個麻衣漢子斜倚在一塊大石之旁，左手拿著一頂范陽斗笠，當扇子般在面前搧風。這人身材瘦長，瞇著一雙細眼，一臉不以為然的神氣。眾人都不知他來歷，也不知他這幾句話是在罵誰。

只聽他又道：「你明明已把掌門讓了給人家，難道說過的話便是放屁？天門道人，你名字中這個『天』字，只怕得改一改，改個『屁』字，那才相稱。」玉璣子等才知他是在相助己方，都笑了起來。天門怒道：「是我泰山派自己的事，用不著旁人多管閒事。」

那麻衣漢子仍懶洋洋的道：「老子見到不順眼之事，那閒事便不得不管。」

突然間眾人眼一花，只見這麻衣漢子斗然躍起，迅捷無比的衝進了玉璣子等人的圈子，左手斗笠一起，便向天門道人頭頂劈落。天門道人竟不招架，挺劍往他胸口刺去。那人倏地一撲，從天門道人的胯下鑽過，右手據地，身子倒轉，砰的一聲，足跟重重的踢中了天門道人背心。這幾下招數怪異之極，峯上羣英聚集，各負絕藝，但這漢子所使的招數，眾人卻都是從所未見。天門猝不及防，登時給他踢中了穴道。

天門身側的幾名弟子各挺長劍向那漢子刺去。那漢子哈哈一笑，抓住天門後心，擋向長劍，眾弟子縮劍不迭。那漢子喝道：「再不拋劍，我把這牛鼻子的腦袋給扭了下來。」說著右手揪住了天門頭頂的道髻。天門空負一身武功，給他制住之後，竟全然動彈不得，一張紅臉已變得鐵青。瞧這情勢，那漢子只消雙手用力一扭，天門的頸骨立時會給他扭斷了。

建除道：「閣下忽施偷襲，不是英雄好漢之所爲。閣下尊姓大名？」那人左手一揚，啪的一聲，打了天門道人一個耳光，懶洋洋的道：「誰對我無禮，老子便打他師父。」天門道人的衆弟子見師尊受辱，無不又驚又怒，各人挺著長劍，只消同時攢刺，這痲衣漢子當場便得變成一隻刺蝟，但天門道人爲他所制，投鼠忌器，誰也不敢妄動。一名青年罵道：「你這狗畜生……」那漢子舉起手來，啪的一聲，又打了天門一記耳光，說道：「你教出來的弟子，便只會說髒話嗎？」

突然之間，天門道人哇的一聲大叫，腦袋一轉，和那痲衣漢子面對著面，口中一股鮮血直噴了出來。那漢子吃了一驚，待要放手，已然不及。霎時之間，那漢子滿頭滿臉都給噴滿了鮮血，便在同時，天門道人雙手環轉，抱住了他頭頸，但聽得喀的一聲，那人頸骨竟給硬生生的折斷。天門道人右手一抬，那人直飛了出去，啪的一聲響，跌在數丈之外，扭曲得幾下，便已死去。

天門道人身材本就十分魁梧，這時更加神威凜凜，滿臉都是鮮血，令人見之生怖。過了一會，他猛喝一聲，身子一側，倒在地下。原來他爲這漢子出其不意的突施怪招制住，又當衆連遭侮辱，氣憤難當之際，竟甘捨己命，運內力衝斷經脈，由此而解開被封的穴道，奮力一擊，殺斃敵人，但自己經脈俱斷，也活不成了。

天門座下衆弟子齊叫「師父」，搶去相扶，見他已然氣絕，盡皆放聲大哭。

人叢中忽然有人說道：「左掌門，你請了『青海一梟』這等人物來對付天門道長，未免太過份了罷？」衆人向說話之人瞧去，見是個形貌猥瑣的老者，有人認得他名叫何三七，常自挑了副餛飩擔，出沒三湘五澤市井之間。給天門道人擊斃的那漢子到底是何來歷，誰也不知道，聽何三七說叫做「青海一梟」。「青海一梟」是何來頭，知道的人卻也不多。

左冷禪道：「這可是笑話奇談了，這位季兄，和在下今天是初次見面，怎能說是在下所請？」何三七道：「左掌門和『青海一梟』或許相識不久，但和這人的師父『白板煞星』，交情卻大非尋常。」

這「白板煞星」四字一出口，人叢中登時轟的一聲。令狐冲依稀記得，許多年前，師娘曾提到「白板煞星」的名字。那時岳靈珊還只六七歲，不知爲甚麼事哭鬧不休，岳夫人嚇她道：「你再哭，『白板煞星』來捉你去了。」令狐冲便問：「『白板煞星』是甚麼東西？」岳夫人道：「『白板煞星』是個大惡人，專捉愛哭的小孩子去咬來吃。這人沒鼻子，臉孔是平的，好像一塊白板那樣。」當時岳靈珊一害怕，便不哭了。令狐冲想起往事，凝目向岳靈珊望去，只見她眼望遠處青山，若有所思，眉目之間微帶愁容，顯然沒留心到何三七提及「白板煞星」這名字，恐怕幼時聽岳夫人說過的話，也早忘了。

令狐冲心想：「小師妹新婚燕爾，林師弟是她心中所愛，該當十分歡喜才是，又有甚麼不如意事了？難道小夫婦兩個鬧彆扭嗎？」見林平之站在她身邊，臉上神色頗爲怪異，似笑非笑，似怒非怒。令狐冲又是一驚：「這是甚麼神氣？我似乎在誰臉上見過的。」但在甚麼地方見過，卻想不起來。

只聽得左冷禪道：「玉璣道兄，恭喜你接任泰山派掌門。於五嶽劍派合併之議，道兄高見若何？」衆人聽得左冷禪不答何三七的問話，顧左右而言他，那麼於結交「白板煞星」一節，是默認不辯了。「白板煞星」的惡名響了二三十年，但眞正見過他、吃過他苦頭的人，卻也沒幾個，似乎他的惡名主要還是從形貌醜怪而起，然從他弟子「青海一梟」的行止瞧來，自然師徒都非正派人物。

玉璣子手執鐵劍，得意洋洋的說道：「五嶽劍派併而爲一，於我五派上下人衆，惟有好處，沒半點害處。只有像天門道人那樣私心太重之人，貪名戀位，不顧公益，那才會創議反對。左盟主，在下執掌泰山派門戶，於五派合併的大事，全心全意贊成。泰山全派，決在你老人家麾下效力，跟隨你老人家之後，發揚光大五嶽派門戶。倘若有人惡意阻撓，我泰山派首先便容他們不得。」

泰山派中百餘人轟然應道：「泰山派全派盡數贊同併派，有人妄持異議，泰山全派誓不與之干休。」這些人同聲高呼，雖人數不多，但聲音整齊，倒也震得羣山鳴響。

令狐冲心道：「他們顯然是早就練熟了的，否則縱然大家贊同併派，也決不能每一個字都說得一模一樣。」又聽玉璣子的語氣，對左冷禪老人家前、老人家後的恭敬萬分，料想左冷禪若不是暗中已給了他極大好處，便是曾以毒辣手段，制得他服服貼貼。天門道人座下的徒衆眼見師尊慘死，大勢已去，只得默不作聲，有人咬牙切齒的低聲咒詛，有人握緊了拳頭，滿臉悲憤之色。

左冷禪朗聲道：「我五嶽劍派之中，衡山、泰山兩派，已贊同併派之議，看來這是大勢所趨，既然併派一舉有百利而無一害，我嵩山派自也當追隨衆位之後，共襄大舉。」

令狐冲心下冷笑：「這件事全是你一人策劃促成，嘴裏卻說得好不輕鬆漂亮，居然還是追隨衆人之後，倒像別人在創議，而你不過是依附衆意而已。」

只聽左冷禪又道：「五派之中，已有三派同意併派，不知恆山派意下如何？恆山派前掌門定閒師太，曾數次和在下談起，於併派一事，她老人家是極力贊成的。定靜、定逸兩位師太，也均持此見。」

恆山派衆黑衣女弟子中，一個清脆的聲音說道：「左掌門，這話可不對了。我兩位師伯和師父圓寂之前，對併派之議痛心疾首，極力反對。三位老人家所以先後不幸逝世，就是爲了反對併派。你怎可擅以己見，加之於她三位老人家身上？」衆人齊向說話之人瞧去，見是個眉清目秀的圓臉女郎。這姑娘正是能言善道的鄭萼，她年紀尚輕，別派人士大都不識。

左冷禪道：「你師伯定閒師太武功高強，見識不凡，實是我五嶽劍派中最了不起的人物，老夫生平深爲佩服。只可惜在少林寺中不幸爲奸徒所害。倘若她老人家今日尚在，這五嶽派掌門一席，自非她莫屬。」他頓了一頓，又道：「當日在下與定閒、定靜、定逸三位師太談及併派之事，在下就曾極力主張，併派之事不行便罷，倘若倡議告成，則五嶽派的掌門一席，必須請定閒師太出任。當時定閒師太雖謙遜推辭，但在下全力擁戴，後來定閒師太也就不怎麼堅辭了。唉，可嘆，可嘆！這樣一位佛門女俠，竟然大功未成身先死，喪身少林寺中，實令人不勝嘆息。」他連續兩次提及少林寺，言語之中，隱隱將害死定閒師太的罪責加之於少林寺。就算害死她的不是少林派中人，但少林寺爲武學聖地，居然有人能在其中害死這兩位武學高人，則少林派縱非串謀，也逃不了縱容兇手、疏於防範之責。

忽然有個粗糙的聲音大聲道：「左掌門此言差矣。當日定閒師太跟我說道，她老人家本來是想推舉你做五嶽派掌門的。」

左冷禪心頭一喜，向那人瞧去，見那人馬臉鼠目，相貌古怪，不知是誰，但身穿黑衫，乃恆山派中的人物，他身旁又站著五個容貌類似、衣飾相同之人，卻不知六人便是桃谷六仙。他心中雖喜，臉上不動聲色，說道：「這位尊兄高姓大名？定閒師太當時雖有這等言語，但在下與她老人家相比，可萬萬不及了。」

先前說話之人乃桃根仙，他大聲道：「我是桃根仙，這五個都是我的兄弟。」左冷禪道：「久仰，久仰。」桃枝仙道：「你久仰我們甚麼？是久仰我們武功高強呢，還是久仰我們見識不凡？」左冷禪心想：「撕裂成不憂的，原來是這麼六個渾人。」念在桃根仙爲自己捧場的份上，便道：「六位武功高強，見識不凡，我都是久仰的。」

桃幹仙道：「我們的武功，也沒甚麼，六人齊上，比你左盟主高些，單打獨鬥，就差得遠了。」桃花仙道：「但說到見識，可眞比你左掌門高得不少。」左冷禪皺起眉頭，哼了一聲，道：「是嗎？」桃花仙道：「半點不錯。當日定閒師太便這麼說。」桃葉仙道：「定閒師太和定靜師太、定逸師太三位老人家在庵中閒話，說起五嶽劍派合併之事。定逸師太說道：『五嶽劍派不併派便罷，倘要併派，須得請嵩山派左冷禪先生來當掌門。』這一句話，你信不信？」

左冷禪心下暗喜，說道：「那是定逸師太瞧得起在下，我可不敢當。」

桃根仙道：「你別忙歡喜。定靜師太卻道：『當世英雄好漢之中，嵩山派左掌門也算得是位人物，倘若由他來當五嶽派掌門人，倒也是一時之選。只不過他私心太重，胸襟太窄，不能容物，如果是他當掌門，我座下這些女弟子們，苦頭可吃得大了。』」桃幹仙接著道：「定閒師太便說：『以大公無私而言，倒有六位英雄在此。他們不但武功高強，而且見識不凡，足可當得五嶽派的掌門人。』」

左冷禪冷笑道：「六位英雄？是那六位？」桃花仙道：「那便是我們六兄弟了。」

此言一出，山上數千人登時轟然大笑。這些人雖大半不識桃谷六仙，但瞧他們形貌古怪，神態滑稽，這時更自稱英雄，說甚麼「武功高強，見識不凡」，自是忍不住好笑。

桃枝仙道：「當時定閒師太一提到『六位英雄』四字，定靜、定逸兩位師太立即便想到是我們六兄弟，當下一齊鼓掌喝采。那時候定逸師太說甚麼來？兄弟，你記得嗎？」桃實仙道：「我當然記得。那時候定逸師太說道：『桃谷六仙嘛，比之少林寺方證大師，見識是差一些了。比之武當派冲虛道長，武功是有所不及了。但在五嶽劍派之中，倒也無人能及。兩位師姊，你們以為如何？』定靜師太便道：『我卻以為不然。定閒師妹的武功見識，決不在桃谷六仙之下。只可惜咱們是女流之輩，又是出家人，要做五嶽派掌門，做五嶽派數千位英雄好漢的首領，總是不便。所以啊，咱們還是推舉桃谷六仙為是。』」桃葉仙道：「定閒師太當下連連點頭，說道：『五嶽劍派如眞要併派，若不是由他六兄弟出任掌門，勢必難以發揚光大，昌大門戶。』」

令狐冲越聽越好笑，情知桃谷六仙是在故意與左冷禪搗亂。左冷禪既妄造死者的言語，桃谷六仙依樣葫蘆，以子之矛，攻子之盾，左冷禪倒也無法可施。

嵩山上羣雄之中，除了嵩山一派以及爲左冷禪所籠絡的人物之外，對於五嶽併派一舉，大都頗具反感。有的高瞻遠矚之士如方證方丈、冲虛道長等人，深恐左冷禪羽翼一成，便即爲禍江湖；有的眼見天門道人慘死，而左冷禪咄咄逼人，深感憎惡；更有的料想五嶽併派之後，五嶽派聲勢大張，自己這一派不免相形見絀；而如令狐冲等恆山派中人，料得定閒等三位師太是爲左冷禪所害，只盼誅他報仇，自然敵意更盛。衆人耳聽得桃谷六仙胡說八道，卻又說得似模似樣，左冷禪幾乎無法辯駁，大都笑吟吟的頗以爲喜，年輕的更笑出聲來。

忽然有個粗豪的聲音問道：「桃谷六怪，定閒師太說這些話，有誰聽到了？」

桃根仙道：「恆山派的幾十名女弟子都親耳聽到的。鄭萼鄭師妹，你說是不是？」

鄭萼忍住了笑，正色道：「不錯。左掌門，你說我師伯贊成五派合併，那些言語又有誰聽到了？恆山派的師姊師妹們，左掌門說的話，有誰聽見咱們師尊說過沒有？」百餘名女弟子齊聲答道：「沒聽見過。」有人大聲道：「多半是左掌門自己揑造出來的。」更有一名女弟子道：「和左掌門相比，我師父還是對桃谷六仙推許多些。我們隨侍三位老人家多年，豈有不知師尊心意之理？」

衆人轟笑聲中，桃枝仙大聲道：「照啊，我們並沒說謊，是不是？後來定閒師太又道：『五派合併，掌門人只有一個，他桃谷六仙共有六人，卻是請誰來當的好？』兄弟，定靜師太卻怎麼說啊？」桃花仙道：「這個……嗯，是了，定靜師太說道：『五派雖併而爲一，但泰山、衡山、華山、恆山、嵩山這東南西北中五嶽，相隔千里萬里，卻是併不到一塊的。左冷禪又不是玉皇大帝，難道他還能將五座大山搬在一起嗎？請桃谷六仙中的五兄弟分駐五山，賸下一個做總掌門也就是了。』」桃葉仙道：「不錯！定逸師太便說：『師姊此見甚是。原來桃谷六仙的父母當年甚有先見之明，知道日後左冷禪要合併五嶽劍派，因此生下他六個兄弟來，不多不少，既不是五個，又不是七個，佩服啊，佩服！』」

羣雄一聽，登時笑聲震天。

左冷禪籌劃這一場五嶽併派，原擬辦得莊嚴隆重，好教天下英雄齊生敬畏之心，不料斜刺裏鑽了這六個憊懶傢伙出來，揷科打諢，將一個盛大的典禮搞得好似一場兒戲，心下之惱怒實非言語所能形容，只是他乃嵩山之主，可不能隨便發作，只得強忍氣惱，暗暗打定了主意：「一待大事告成，若不殺了這六個無賴，我可眞不姓左了。」

桃實仙突然放聲大哭，叫道：「不行，不行！我六兄弟自出娘胎，從來寸步不離，這一做五嶽派掌門，從此要分駐五嶽，那可不幹，萬萬的不幹。」他哭得情意眞切，恰似五嶽派掌門名位已定，他六兄弟面臨生離死別之境了。

桃幹仙道：「六弟不須煩惱，咱們六人是不能分開的，兄弟固然捨不得，做哥哥的也捨不得。但既然衆望所歸，這五嶽派掌門又非我們六兄弟來做不可，我們只好反對五嶽派合而爲一了。」桃根仙等五人齊聲道：「對，對，五嶽劍派一如現狀，併他作甚？」

桃實仙破涕爲笑，說道：「就算眞的要併，也得五嶽派中將來出了一位大英雄大豪傑，比我六兄弟見識更高，武功更強，也如我六兄弟那樣的衆望所歸。有這樣的人來做掌門，那時再併不遲。」

左冷禪眼見再與這六個傢伙糾纏下去，只有越鬧越糟，須以快刀斬亂痲手法，截斷他們的話題，當下朗聲說道：「恆山派的掌門，到底是你們六位大英雄呢，還是另有其人？恆山派的事，你們六位大英雄作得了主呢，還是作不了主？」

桃枝仙道：「我們六位大英雄要當恆山派掌門，本來也無不可。但想到嵩山派掌門是你左老弟，我們六人一當恆山掌門，便得和你姓左的相提並論，未免有點，嘿嘿，這個……那個……」桃花仙道：「和他相提並論，我們六位大英雄當然是大失身分，因此上這恆山派掌門人之位，只好請令狐冲來勉爲其難了。」

左冷禪只氣得七竅生煙，冷冷的道：「令狐掌門，你執掌恆山派門戶，於貴派門下卻不好生約束，任由他們在天下英雄之前胡說八道，出醜露乖。」

令狐冲微笑道：「這六位桃兄說話天眞爛漫，心直口快，卻不是瞎造謠言之人。他們轉述本派先掌門定閒師太的遺言，當比派外之人的胡說八道靠得住些。」

左冷禪哼了一聲，道：「五嶽劍派今日併派，貴派想必是要獨持異議了？」

令狐冲搖頭道：「恆山派卻也不是獨持異議。華山派掌門岳先生，是在下啓蒙傳藝的恩師，在下今日雖然另歸別派，卻不敢忘了昔日恩師的教誨。」左冷禪道：「這麼說來，你仍聽從華山岳先生的話？」令狐冲道：「不錯，我恆山派與華山派並肩攜手，協力同心。」

左冷禪轉頭瞧向華山派人衆，說道：「岳先生，令狐掌門不忘你舊日對他的恩義，可喜可賀。閣下於五派合併之舉，贊成也罷，反對也罷，令狐掌門都唯你馬首是瞻。但不知閣下尊意若何？」

岳不羣道：「承左盟主詢及，在下雖於此事曾細加考慮，但要作出一個極爲妥善周詳的抉擇，卻亦不易。」

一時峯上羣雄的數千對目光都向他望去，許多人均想：「衡山派勢力孤弱，泰山派內鬨分裂，均不足與嵩山派相抗。此刻華山、恆山兩派聯手，再加上衡山派，當可與嵩山派一較短長了。」

只聽岳不羣說道：「我華山創派二百餘年，中間曾有氣宗、劍宗之爭。衆位武林前輩都知道的。在下念及當日兩宗自相殘殺的慘狀，至今兀自不寒而慄……」

令狐冲尋思：「師父曾說，華山氣劍二宗之爭，是本派門戶之羞，實不足爲外人道，爲甚麼他此刻卻當著天下英雄公然談論？」又聽得岳不羣語聲尖銳，聲傳數里，每說一句話，遠處均有回音，心想：「師父修習『紫霞神功』，又到了更高的境界，說話聲音，內力的運用，都跟從前不同了。」

岳不羣續道：「因此在下深覺武林中的宗派門戶，分不如合。千百年來，江湖上仇殺鬥毆，不知有多少武林同道死於非命，推原溯因，泰半是因門戶之見而起。在下常想，倘若武林之中並無門戶宗派之別，天下一家，人人皆如同胞手足，那麼種種流血慘劇，十成中至少可以減去九成。英雄豪傑不致盛年喪命，世上也少了許許多多無依無靠的孤兒寡婦。」

他這番話中充滿了悲天憫人之情，極大多數人都不禁點頭。有人低聲說道：「華山岳不羣人稱『君子劍』，果然名不虛傳，深具仁者之心。」

方證大師合什道：「善哉，善哉！岳居士這番言語，宅心仁善。武林中人只要都如岳居士這般想法，天下的腥風血雨，刀兵紛爭，便都泯於無形了。」

岳不羣道：「大師過獎了。在下的一些淺見，少林寺歷代高僧大德，自然早已想到過。以少林寺在武林中的聲望地位，登高一呼，各家各派中的高明卓識之士，聞風響應，千百年來必能有所建樹。固然各家各流武術源流不同，修習之法大異，要武學之士不分門戶派別，那是談何容易？但『君子和而不同』，武功儘可不同，卻大可和和氣氣。可是直至今日，江湖上仍派別衆多，或明爭，或暗鬥，無數心血性命，耗費於無謂的意氣之爭。既然歷來高明之士都知門戶派別的紛歧大有禍害，爲甚麼不能痛下決心，予以消除？在下於此事苦思多年，直至前幾日才恍然大悟，明白了其中關竅所在。此事關係到武林全體同道的生死禍福，在下不敢自秘，謹提出請各位指教。」

羣雄紛紛道：「請說，請說。」「岳先生的見地，定然是很高明的。」「不知到底是甚麼原因？」「要清除門戶派別之見，只怕難於登天！」

岳不羣待人聲一靜，說道：「在下潛心思索，發覺其中道理，原來在於一個『急』字與『漸』字的差別。歷來武林中的有心人，盼望消除門戶派別，往往操之過急，要一舉而將天下所有宗派門戶之間的界限，盡數消除。殊不知積重難返，武林中的宗派，大者數十，小者過千，每個門戶都有數十年乃至千百年的傳承，要一舉而消除之，確是難於登天。」

左冷禪道：「以岳先生高見，要消除宗派門戶之別，那是絕不可能了？如此說來，豈不令人失望？」

岳不羣搖頭道：「雖然艱難萬分，卻也非絕無可能。在下適才言道，其間差別，在於緩急之不同。常言道得好，欲速則不達。只須方針一變，天下同道協力以赴，期之以五十年、一百年，決無不成之理。」

左冷禪嘆道：「五十年、一百年，這裏的英雄好漢，十之八九是屍骨已寒了。」

岳不羣道：「吾輩只須盡力，事功是否成於我手，卻不必計較。前人種樹後人涼，咱們只種樹，讓後人得享淸涼之福，豈非美事？再說，五十年、一百年，乃期於大成，若說小有成就，則十年八年之間，也已頗有足觀。」

左冷禪道：「十年八年便有小成，那倒很好。卻不知如何共策進行？」

岳不羣微微一笑，說道：「左盟主眼前所行，便是大有福於江湖同道的美事。咱們要一舉而泯滅門戶宗派之見，那是沒法辦到的。但各家各派如擇地域相近，武功相似，又或相互交好，先行儘量合併，則十年八年之內，門戶宗派便可減少一大半。咱們五嶽劍派合成五嶽派，就可爲各家各派樹一範例，成爲武林中千古艷稱的盛舉。」

他此言一出，衆人都叫了起來：「原來華山派贊成五派合併。」

令狐冲更大吃一驚，心道：「料不到師父竟然贊成併派。我說過恆山派唯華山派馬首是瞻，師父說贊成併派，我可不能食言。」心中焦急，舉目向方證大師與冲虛道人望去，只見二人都搖了搖頭，神色頗爲沮喪。

左冷禪一直躭心岳不羣會力持異議，此人能言善辯，江湖上聲名又好，不能對他硬來，萬料不到他竟會支持併派，當眞大喜過望，說道：「嵩山派贊成五派合併，老實說，本來只是念到衆志成城的道理，只覺合則力強，分則力弱。今日聽了岳先生一番大道理，令在下茅塞頓開，方知原來五派合併，於武林前途有這等重大關係，卻不單單是於我五派有利之事了。」

岳不羣道：「我五派合併之後，如欲張大己力，以與各家門派爭雄鬥勝，那只有在武林中徒增風波，於我五嶽派固然未必有甚麼好處，於江湖同道更是禍多於福。因此併派的宗旨，必須著眼於『息爭解紛』四字。在下推測同道友好的心情，以爲我五派合併之後，於別派或有不利，此點諸位大可放心。」

羣雄聽了他這幾句話，有的似乎鬆了口氣，有的卻將信將疑。

左冷禪道：「如此說來，華山派是贊成併派的？」

岳不羣道：「正是。」他頓了頓，眼望令狐冲，說道：「恆山派令狐掌門，以前曾在華山門下，在下與他曾有二十年師徒之情。他出了華山門牆之後，承他不棄，仍念念不忘昔日在下對他的情誼，盼望與在下終於同居一派。在下今日已答應於他，要同歸一派，亦非難事。」說到這裏，臉上露出笑容。

令狐冲胸口一震，登時醒悟：「他答應我重入他門下，原來並非回歸華山，而是五派合併之後，我和師父、師娘又在一派之中，那也好得很啊。」又想：「聽師父適才言道：五派合併，宗旨當在『息爭解紛』四字，如眞是如此，五派合併倒是好事而非壞事了。看來前途吉凶，在於五嶽派是照我師父的宗旨去做呢，還是照左冷禪的宗旨去做。如果我華山、恆山兩派協力同心，再加上衡山派，以及泰山派中的一些道友，我們三派半對抗嵩山派和泰山派的半數，未始不能佔到贏面。」

令狐冲心下思潮起伏，聽得左冷禪道：「恭賀岳先生與令狐掌門，自今日起，賢師徒重歸同一門派，那眞是天大的喜事。」羣雄中便有數百人跟著鼓掌叫好。

突然間桃枝仙大聲說道：「這件事不妥，不妥，大大的不妥。」桃幹仙道：「爲甚麼不妥？」桃枝仙道：「這恆山派的掌門，本來是我六兄弟做的，是不是？」桃幹仙等五人齊聲應道：「是！」桃枝仙道：「後來我們客氣，因此讓給了令狐冲來做，是不是？讓給令狐冲做，有一個條款，便是他要爲定閒、定靜、定逸三位師太報仇，是不是？」他問一句，桃幹仙等五人都答道：「是！」

桃枝仙道：「可是殺害定閒師太她們三位的，卻在五嶽劍派之中，依我看來，多半是個若非姓左、便是姓右之人，又或是不左不右、姓中之人。如果令狐冲加入了五嶽派，和這個姓左姓右又或姓中之人變成了同門師兄弟，如何還可動刀動槍，爲定閒師太報仇？」桃谷五仙齊聲道：「半點也不錯。」

左冷禪心下大怒，尋思：「你這六個傢伙如此當衆辱我，再留你們多活幾個時辰，只怕更將有不少胡言亂語說了出來。」

只聽桃根仙又道：「如令狐冲不給定閒師太報仇，便做不得恆山派掌門，是不是？如他不是恆山派掌門，便拿不得恆山派的主意，是不是？如他拿不得恆山派的主意，那麼恆山派是否加入五嶽派，便不能由令狐冲來說話了，是不是？」他問一句，桃谷五仙又齊聲答一句：「是！」

桃幹仙道：「一派不能沒有掌門，令狐冲既然做不得恆山派掌門，便須另推高明，是不是？恆山派中有那六位英雄武功高強，見識不凡，當年定閒師太固然早有定評，連五嶽劍派左盟主剛才也說：『六位武功高強，見識不凡，我都是久仰的』，是不是？」

桃幹仙這麼問，他五兄弟便都答一聲：「是！」問的人聲音越來越響，答的人也越答越起勁。與會的羣雄一來確實覺得好笑，二來見到有人與嵩山派搗蛋，多少有些幸災樂禍的心情，頗有人跟著起鬨，數十人隨著桃谷五仙齊聲叫道：「是！」

當岳不羣贊成五派合併之後，令狐冲心中便即大感混亂，這時聽桃谷六仙胡說八道的搗亂，內心深處頗覺歡喜，似乎這六兄弟正在設法爲自己解圍脫困，但再聽一會，突然奇怪：「桃谷六仙說話素來纏夾，前言不對後語，可是來到嵩山之後，每一句竟都含有深意。剛才這些言語似乎強辭奪理，可是事先早有伏筆，教人難以辯駁，跟他們平素亂扯一頓的情形大不相同。難道暗中另有高人在指點嗎？」

只聽得桃花仙道：「恆山派中這六位武功卓絕、識見不凡的大英雄是誰，各位不是蠢人，想來也必知道，是不是？」百餘人笑著齊聲應道：「是！」桃花仙道：「天下是非自有公論，公道自在人心。請問各位，這六位大英雄是誰？」二百餘人在大笑聲中說道：「自然是你們桃谷六仙了。」

桃根仙道：「照啊，如此說來，恆山派掌門的位子，我們六兄弟只好當仁不讓，勉爲其難，德高望重，衆望所歸，水到渠成，水落石出，高山滾鼓，門戶大門……」

他亂用成語，越說越不知所云，羣雄無不捧腹大笑。

嵩山派中不少人大聲吆喝：「你六個傢伙在這裏搗甚麼亂？快跟我滾下山去。」

桃枝仙道：「奇哉怪也！你們嵩山派千方百計的要搞五派合併，我恆山派的六位大英雄誠意來到嵩山，你們居然要趕我們下去。我們六位大英雄一走，恆山派其餘的小英雄、女英雄們，自然跟著也都下了嵩山，你們這五派合併，便稀哩呼嚕，搞不成了。好！恆山派的朋友們，咱們都下山去，讓他們搞四派合併。左冷禪愛做四嶽派掌門，便由他做去。咱們恆山派可不湊這個熱鬧。」

儀和、儀清等女弟子對左冷禪恨之入骨，聽桃枝仙這麼一說，立時齊聲答應，紛紛呼叫：「咱們走罷！」

左冷禪一聽，登時發急，心想：「恆山派一走，五嶽派變了四嶽派。自古以來，天下便是五嶽，絕無缺一而成四嶽之理。就算四派合併，我當了四嶽派的掌門，說起來也少光采。非但不夠威風，反成爲武林中的笑柄了。」當即說道：「恆山派的衆位朋友，有話慢慢商量，何必急在一時？」

桃根仙道：「是你的狐羣狗黨、蝦兵蟹將大聲吆喝，要趕我們下去，可不是我們自己要走。」

左冷禪哼了一聲，向令狐冲道：「令狐掌門，咱們武林中人說話一諾千金，你說過要以岳先生的意旨爲依歸，可不能說過了不算。」

令狐冲舉目向岳不羣望去，見他滿臉殷切之狀，不住向自己點頭；令狐冲轉頭又望方證大師和冲虛道人，卻見他二人連連搖頭，正沒做道理處，忽聽得岳不羣道：「冲兒，我和你向來情若父子，你師娘更待你不薄，難道你就不想和我們言歸於好，就同從前那樣嗎？」

令狐冲聽了這句話，霎時之間熱淚盈眶，更不思索，朗聲道：「師父、師娘，孩兒所盼望的便是如此。你們贊同五派合併，孩兒不敢違命。」他頓了頓，又道：「可是，三位師太的血海深仇……」

岳不羣朗聲道：「恆山派定閒、定靜、定逸三位師太不幸遭人暗害，武林同道，無不痛惜。今後咱們五派合併，恆山派的事，也便是我岳某人的事。眼前首要急務，莫過於查明眞兇，然後以咱們五派之力，再請此間所有武林同道協助，那兇手便是金剛不壞之身，咱們也把他砍成了肉泥。冲兒，你不用過慮，這兇手就算是我五嶽派中的頂尖兒人物，咱們也決計放他不過。」這番話大義凜然，說得又斬釘截鐵，絕無迴旋餘地。

恆山派衆女弟子登時喝采。儀和高聲叫道：「岳先生之言不錯。尊駕若能竭力以赴，爲我們三位師尊報得血海深仇，恆山上下，盡感大恩大德。」

岳不羣道：「這事著落在我身上，三年之內，岳某人若不能爲三位師太報仇，武林同道便可說我是無恥之徒，卑鄙小人。」

他此言一出，恆山派女弟子更大聲歡呼，別派人衆也不禁鼓掌喝采。

令狐冲尋思：「我雖決心爲三位師太報仇，但要限定時日，卻是不能。大家疑心左冷禪是兇手，但如何能證明？就算將他制住逼問，他也決不承認。師父何以能說得這般肯定？是了，他老人家定然已確知兇手是誰，又拿到了確切證據，則三年之內自能對付他。」他先前隨同岳不羣贊成併派，還怕恆山派的弟子們不願，此刻見她們大聲歡呼，無人反對，心中爲之一寬，朗聲道：「如此極好。我師父岳先生已然說過，只要查明戕害三位師太的眞兇是誰，就算他是五嶽派中的頂尖兒人物，也決計放他不過。左掌門，你贊同這句話嗎？」

左冷禪冷冷的道：「這句話很對啊。我爲甚麼不贊成？」

令狐冲道：「今日天下衆英雄在此，大夥兒都聽見了，只要查到害死三位師太的主兇是誰，是他親自下手也好，是指使門下弟子所幹的也好，不論他是甚麼尊長前輩，人人得而誅之。」羣雄之中，倒有一半人轟聲附和。

左冷禪待人聲稍靜，說道：「五嶽劍派之中，東嶽泰山，南嶽衡山，西嶽華山，北嶽恆山，中嶽嵩山，五派一致同意併派。那麼自今而後，武林之中便沒五嶽劍派的五個名稱了，我五派的門人弟子，都成爲新的五嶽派門下。」

他左手一揮，只聽得山左山右鞭炮聲大作，跟著砰啪、砰啪之巨響不絕，許多大炮仗升入天空，慶祝「五嶽派」正式開山立派。羣雄你瞧瞧我，我瞧瞧你，臉上都露出笑容，均想：「左冷禪預備得如此周到，五嶽劍派合派之舉，自是勢在必行。倘若今日合派不成，這嵩山絕頂，只怕腥風血雨，非有一場大廝殺不可。」峯上硝煙瀰漫，紙屑紛飛，鞭炮聲越來越響，誰都沒法說話，直過了良久，鞭炮聲方歇。

便有若干江湖豪士紛紛向左冷禪道賀，這些人或是嵩山派事先邀來助拳的，或是眼見五嶽合派已成，左冷禪聲勢大張，當即搶先向他奉承討好的。左冷禪口中不住謙遜，冷冰冰的臉上居然也露出一二絲笑容。

忽聽得桃根仙說道：「既然五嶽劍派併成了一個五嶽派，我桃谷六仙也就順其自然，這叫做識時務者爲俊傑。」

左冷禪心想：「你六怪這一句話，才挺像人話。」

桃幹仙道：「不論那一個門派，都有個掌門人。這五嶽派的掌門人，由誰來當好？如果大夥一致推舉桃谷六仙，我們也只好當仁不讓了。」桃枝仙道：「適才岳先生言道：五派合併，乃是爲了武林公益，不是爲謀私利。既然如此，雖然當這五嶽派掌門責任重大，事務繁多，我六兄弟也只好勉爲其難了。」桃葉仙長長嘆了口氣，說道：「大夥兒都這麼熱心，我六兄弟焉可袖手旁觀，不爲江湖上同道出一番力氣？」他六人你吹我唱，便似衆人已公舉他六兄弟作了五嶽派掌門人一般。

嵩山派中一名身材高大的老者大聲道：「是誰推舉你們作五嶽派掌門人了？這般瘋瘋顛顛胡說，太不成話了！」這是左冷禪的師弟「托塔手」丁勉。嵩山派中登時許多人都鼓噪起來，有一人說：「今日若不是五派合併的大喜日子，將你六個瘋子的十二條腿都砍了下來。」丁勉又道：「令狐掌門，這六個瘋子儘在這裏胡鬧，你也不管管。」

桃花仙大聲道：「你叫令狐冲作『令狐掌門』，你舉他爲五嶽派掌門人嗎？適才左冷禪說過，恆山派啦，華山派啦，這些名字在武林中從此不再留存，你既叫他作令狐掌門，心中自然認他是五嶽派掌門人了。」

桃實仙道：「要令狐冲做五嶽派掌門，雖比我六兄弟差著一籌，但不得已而求其次，也可將就將就。」桃根仙提高嗓子，叫道：「嵩山派提名令狐冲爲五嶽派掌門人，大夥兒以爲如何？」只聽得百餘名女子嬌聲叫好，那自然都是恆山派的女弟子了。

丁勉只因順口叫了聲「令狐掌門」，給桃谷六仙抓住了話柄，不由得尷尬萬分，滿臉通紅，不知如何是好，只說：「不，不！我……我不是……不是這個意思，我沒提名令狐冲做五嶽派掌門……」

桃幹仙道：「你說不是要令狐冲做五嶽派掌門，那麼定然認爲非由桃谷六仙出馬不可了。閣下既如此抬愛，我六兄弟卻之不恭，居之無愧。」桃枝仙道：「這樣罷，咱們不妨先做上一年半載，待得大局已定，再行退位讓賢，亦自不妨。」桃谷五仙齊道：「對，對，這也不失爲折衷之策。」

左冷禪冷冷的道：「六位說話眞多，在這嵩山絕頂放言高論，將天下英雄視若無物，讓別人也來說幾句話行不行？」

桃花仙道：「行，行，爲甚麼不行？有話請說，有屁請放。」他說了這「有屁請放」四字，一時之間，封禪台下一片寂靜，誰也沒有出聲，免得一開口就變成放屁。

過了好一會，左冷禪才道：「衆位英雄，請各抒高見。這六個瘋子胡說八道，大家不必理會，免得掃了清興。」

桃谷六仙六鼻齊吸，嗤嗤有聲，說道：「放屁甚多，不算太臭。」

嵩山派中站出一名瘦削的老者，朗聲說道：「五嶽劍派同氣連枝，聯手結盟，近年來均由左掌門爲盟主。左掌門統率五派已久，威望素著，今日五派合併，自然由左盟主爲我五嶽派掌門人，若換作旁人，有誰能服？」當年曾參與劉正風金盆洗手之會的，都認得這人名叫陸柏。他和丁勉、費彬三人曾殘殺劉正風的滿門和親傳弟子，甚是狠辣。

桃花仙道：「不對，不對！五派合併，乃推陳出新的盛舉，這個掌門人嘛，也得破舊立新，除舊更新，換個新人，煥然一新！」桃實仙道：「正是。倘若仍由左冷禪當掌門，那是換湯不換藥，新瓶裝舊酒，沒半分新氣象，然則五派又何必合併？」桃枝仙道：「雖然換了新招牌，賣的全是舊貨色，裝腔作勢，陳腔濫調，生意一定不好。這五嶽派的掌門人，誰都可以做，就是左冷禪不能做。」桃幹仙道：「以我高見，不如大家輪流來做。一個人做一天，今天你做，明天我做，個個有份，決不落空。那叫做公平交易，老少無欺，貨眞價實，皆大歡喜。五嶽併派，豈是兒戲？武林之中，一團和氣！」他說話押韻，倒也悅耳動聽。

桃根仙鼓掌道：「這法子妙極，那應當由年紀最小的小姑娘輪起。我推恆山派的秦絹小妹妹，做五嶽派今天的掌門人。」

恆山派一衆女弟子情知桃谷六仙如此說法，旨在和左冷禪搗蛋，都大聲叫好，連秦絹自己也連聲喝采。

大批事不關己、只盼越亂越好之輩，便也隨著起鬨。一時嵩山絕頂又亂成一團。

錚的一聲輕響，雙劍劍尖竟在半空中抵住了，濺出星星火花，兩柄長劍彎成了弧形，跟著二人左手推出，雙掌相交，同時借力飄了開去。這一下變化誰都料想不到。

三二　比劍

泰山派一名老道朗聲道：「五嶽派掌門一席，自須推舉一位德才兼備、威名素著的前輩高人擔任，豈有輪流來做之理？」這人語聲高亢，衆人在一片嘈雜之中，仍聽得清清楚楚。

桃枝仙道：「德才兼備，威名素著？夠得上這八字考語的，武林之中，我看也只有少林寺方丈方證大師了。」

每當桃谷六仙說話，旁人無不嘻笑，誰也沒當他們是一回事，但此刻桃枝仙提到方證大師的名字，頃刻之間，嵩山絕頂上的數千人登時鴉雀無聲。方證大師武功高強，慈悲俠義，於武林中紛爭向來主持公道，數十年來人所共仰，而少林派聲勢極盛，又是武林中的第一大派，這「德才兼備，威名素著」八個字加在他身上，誰都沒絲毫異議。

桃根仙大聲道：「少林寺方證方丈，算不算得是德才兼備，威名素著？」數千人齊聲應道：「算得！」桃根仙道：「好了，那是衆口一詞，衆望所歸。比之我們桃谷六仙的衆望所歸，方證大師的衆望所歸，那是更加衆望所歸些。既是如此，這五嶽派的掌門人，便請方證大師擔任。」

嵩山派與泰山派中登時便有不少人叫道：「胡說八道！方證大師是少林派的掌門人，跟我們五嶽派有甚相干？」

桃枝仙道：「剛才這位道爺說要請一位德才兼備、威名素著的前輩高人來做掌門，我好容易找到了一位。方證大師難道不是德才兼備？難道不是威名素著？又難道不是前輩高人？你們卻來反對。難道方證大師無德無才，全無威名，他老人家是後輩低人？眞正豈有此理！那一個膽敢這麼說，不要他做掌門人，我桃谷六仙跟他拚命。」

桃幹仙道：「方證大師做掌門已做了十幾年，少林派的掌門人也做得，爲甚麼五嶽派的掌門人便做不得？難道五嶽派今天便已蓋過了少林派？那一個大膽狂徒，敢說方證大師不會做掌門人，不配做掌門人？」

泰山派的玉璣子皺眉道：「方證大師德高望重，那是誰都敬重的，可是今日我們是在推舉五嶽派的掌門人。方證大師乃是貴客，怎可將他老人家拉扯在一起？」

桃幹仙道：「方證大師不能做五嶽派掌門人，依你說，是爲了少林派和五嶽派無關。」玉璣子道：「正是。」桃幹仙道：「少林派爲甚麼和五嶽派無關？我說關係大得很呢！五嶽派是那五派？」玉璣子道：「閣下是明知故問了。五嶽派便是嵩山、泰山、華山、衡山，恆山五派。」

桃花仙和桃實仙齊聲道：「錯了，錯了！適才左先生言道，五嶽劍派合併之後，甚麼嵩山派、泰山派之名不再留存，怎地你又重提五派之名？」桃葉仙道：「足見他對原來宗派念念不忘，戀派成狂，一有機緣，便圖復辟，要將好好一個五嶽派打得稀巴爛，重建泰山派的雄風，再整日觀峯的威名。」

羣雄中不少人都笑出聲來，均想：「莫看這桃谷六仙瘋瘋顛顛，但只要有人說錯了半句話，立即給他們抓住，再也難以脫身。」他們那知桃谷六仙打從兩三歲起能說話以來，便即互相辯駁不休，專捉兄弟中說話的漏洞，數十年來習以爲常，再加上六個腦袋齊用，六張嘴巴齊開，旁人焉是他六兄弟的對手？

玉璣子臉上青一陣、紅一陣，只道：「五嶽派中有了你們六個寶貝，也叫倒霉。」

桃花仙道：「你說五嶽派倒霉，便是瞧不起五嶽派，不願自居於五嶽派之中。」桃實仙道：「我們五嶽派第一日開山立派，你便立心詛咒，說他倒霉。五嶽派將來張大門戶，要在武林中揚眉吐氣，與少林、武當鼎足而三，成爲江湖上人所共仰的大門派。玉璣道長，你爲甚麼不存好心，今天來說這等不吉利的話？」桃葉仙道：「足見玉璣道人身在五嶽，心在泰山，只盼五嶽派開派不成，第一天便摔個大觔斗，如此用心，我五嶽派如何容得了他？」

江湖上學武之人，過的是在刀口上舐血的日子，於這吉祥兆頭，忌諱最多。各人聽桃谷六仙這麼一說，均覺言之有理，玉璣子在今天這個好日子中說五嶽派倒霉，確是大大不該。連左冷禪心中也對玉璣子這話頗爲不滿。玉璣子自知說錯了話，當下默不作聲，暗自氣惱。

桃幹仙道：「我說少林派跟嵩山有關，玉璣道人卻說無關。到底是有關無關？是你對還是我對？」玉璣道人氣憤憤的道：「你愛說有關，便算有關好了。」桃幹仙道：「哈，天下之事，抬不過一個理字。少林寺是在那一座山中？嵩山派又是在那一座山中？」桃花仙道：「少林寺在少室山，嵩山派在太室山，少室太室，都屬嵩山，是不是？爲甚麼說少林派與嵩山無關？」這一句倒確非強辭奪理，羣雄聽得一齊點頭。

桃枝仙道：「適才岳先生言道，各派合併，可以減少江湖上的門戶紛爭，他所以贊成五嶽併派，便是爲此。他又言道，各派可擇武功相近，或是地域相鄰，互求合併。說到地域之近，無過於少林和嵩山。兩大門派，同在一山之中。少林派和嵩山派若不合併，那麼岳先生的說話，未免怕有點跡近放……放……放那個……一種氣了。」

羣雄聽得他強行將那個「屁」字忍住，都哈哈大笑，心中卻都覺得，少林派和嵩山派合併，未免匪夷所思，可是桃枝仙的說話，卻也言之成理，是順著岳不羣先前一片大道理推論下來的。令狐冲暗暗稱奇：「桃谷六仙要抓別人話中的岔子，那是拿手好戲，但這一番話卻料想他們說不出來。卻不知是誰在旁提示指點？」

桃幹仙道：「方證大師衆望所歸，本來大夥兒要請他老人家當五嶽派掌門人。只是有人提出，方證大師不屬五嶽派。那麼只須少林派與五嶽派合併，成爲一個『少林五嶽派』，方證大師便可成爲這新派的掌門人了。」桃根仙道：「正是。當今之世，要找一位比方證大師更合式的掌門人，那是誰也沒法子了。」桃實仙道：「我桃谷六仙服了方證大師，難道還有旁人不服的？」

桃花仙道：「若有人不服的，不妨站出來，和我桃谷六仙較量較量。打贏了桃谷六仙，不妨再和方證大師較量較量。打贏了方證大師，再和少林派中達摩堂、羅漢堂、戒律院、藏經閣的衆位大師高手較量較量。打贏了少林派達摩堂、羅漢堂、戒律院、藏經閣的衆位大師高手，可以再和武當派的冲虛道長較量較量……」桃實仙道：「五哥，怎麼要和武當派的冲虛道長較量較量？」桃花仙道：「武當派和少林派的兩位掌門人是過命的交情，同榮共辱。有人打贏了少林派的方證大師，武當派的冲虛道長豈有不出頭之理？」

桃葉仙道：「正是，一點兒也不錯，打贏了武當派的掌門冲虛道長，再來和我們桃谷六仙較量較量。」桃根仙道：「咦，他和我們桃谷六仙已經較量過了，怎麼又要較量較量？」桃葉仙道：「第一次我們打輸了，桃谷六仙難道就此甘心認輸？自然是死纏爛打，陰魂不散，跟那些臭王八蛋再來較量較量。」

羣雄聽了，盡皆大笑，有的怪聲叫好，有的隨著起鬨。

玉璣子心頭惱怒，再也不可抑止，縱身而出，手按劍柄，叫道：「桃谷六怪，我玉璣子便是不服，要和你們較量較量。」桃根仙道：「咱們大夥兒都是五嶽派門下，動起手來，豈不是自相殘殺？」玉璣子道：「你們說話太多，神憎鬼厭。五嶽派門下少了你們六個人，大家樂得眼目清涼，耳根清淨。」桃幹仙道：「好啊，你手按劍柄，心中動了殺機，只想拔出劍來，嚓嚓嚓嚓嚓嚓六聲，砍了我們六兄弟的腦袋？」玉璣子哼了一聲，給他來個默認，目光中殺氣更盛。

桃枝仙道：「今日我五派合併，第一天你五嶽派中的泰山支派便動手殺了我恆山支派的六大高手，五嶽派今後怎說得上齊心協力，和衷共濟？」

玉璣子心想此言倒是不錯，今日若殺了這六人，只怕以後紛爭無窮，恆山派中勢必有人爲他六兄弟報仇，當下強忍怒氣，說道：「你們既知要齊心協力，和衷共濟，那麼有礙大局的胡說八道，便不可再說。」將長劍抽出劍鞘尺許，唰的一聲，送回劍鞘。

桃葉仙道：「倘若是有益於光大五嶽派前途，有利於全體武林同道的好話呢？」玉璣子冷笑道：「哼，諒你們也說不出那種話來！」桃花仙道：「五嶽派的掌門人由誰來當，這件事是不是與我派前途、武林同道的禍福大有關連？我六兄弟苦口婆心，想推舉一位衆望所歸的前輩高人來當掌門，你總是存了私心，想叫那個給了你三千兩黃金、四個美女的人來做掌門。」玉璣子大怒，喝道：「胡說八道！誰說有人給了我三千兩黃金、四個美女？」桃花仙道：「嗯，我說錯了數目，也是有的，不是三千兩，定是四千兩了。不是四名美女，那麼若非三名，便是五名。是誰給你，難道你不知道嗎？你想推舉誰做掌門，便是誰給你了。」

玉璣子唰的一聲，拔出了長劍，喝道：「你再胡言亂語，我便叫你血濺當場。」桃花仙哈哈一笑，昂首挺胸，向他走了過去，說道：「你用卑鄙手段，害死了泰山派掌門人天門道人，還想繼續害人嗎？天門道人已給你害得血濺當場，戕害同門，原是你的拿手好戲。你我現為同門，你倒在我身上試試看。」說著一步步向玉璣子走去。

玉璣子長劍挺出，厲聲喝道：「停步，你再向前走一步，我便不客氣了。」桃花仙笑道：「難道你現下對我客氣得很嗎？這嵩山絕頂，又不是你玉璣子私有之地，我偏要邁邁方步，東走西行，你又管得著我？」說著又向前走了幾步，和玉璣子相距已不過數尺。

玉璣子看到他醜陋的長長馬臉，露出一副焦黃牙齒，裂嘴而笑，厭憎之情大生，長劍一挺，嗤的一聲響，便向桃花仙胸口刺去。

桃花仙急忙閃避，罵道：「臭賊，你眞……眞打啊！」玉璣子已深得泰山派劍術精髓，一劍既出，二劍隨至，劍招迅疾無倫。桃花仙說話之間，已連避了他四劍。但玉璣子劍招越來越快，桃花仙手忙腳亂，哇哇大叫，想要抽出腰間短鐵棍招架，卻緩不出手來。劍光閃爍之中，噗的一聲響，桃花仙左肩中劍。

便在此時，玉璣子長劍脫手，飛上半天，跟著身子離地，雙手雙腳已給桃根、桃幹、桃枝、桃葉四仙分別抓住。這一下兔起鶻落，變化迅速之極。但見黃影一閃，挾著一道劍光，有人揮劍向桃枝仙頭頂砍落。桃實仙早已護持在旁，伸短鐵棍架住。那人又是一劍向桃根仙胸口刺去。桃花仙抽鐵棍擋開，看那人時，正是嵩山派掌門左冷禪。

左冷禪心知桃谷六仙雖然說話亂七八糟，身上卻實負驚人藝業，當年在華山絕頂，曾將自己所派去的華山劍宗高手成不憂撕成四截，一見玉璣子爲他六兄弟所擒，知道只要相救稍遲，玉璣子立遭裂體之厄，是以自己雖是主人身分，實不宜隨便出手，當此危急之際，也只得拔劍相救。他兩劍急攻桃枝仙和桃根仙，用意是在迫使二人放手退避，不料桃谷六仙相互配合得猶如天衣無縫，四人抓住敵人手腳，餘下二人便在旁護持，左冷禪這兩劍招式精奇，勢道凌厲，還是分別給桃實仙和桃花仙架開了。

其時玉璣子生死繫於一線，在這一霎之間，左冷禪已從桃實仙、桃花仙出棍相架的招式與內力之中，知道要迫退二人，至少須在六招以外，待得拆到六招，玉璣子早給四人撕裂，當下長劍圈轉，劍光閃爍。

只聽得玉璣子大叫一聲，腦袋摔在地下。桃根仙、桃枝仙手中各握一隻斷手，桃幹仙手中握著一隻斷腳，只桃葉仙手中所握著的那隻腳，仍連在玉璣子身上。原來左冷禪心知沒法在這瞬息之間迫得桃谷六仙放手，惟有當機立斷，砍斷了玉璣子的雙手和一隻足踝，使得桃谷四仙沒法將他撕裂，那是毒蛇螫手、壯士斷腕之意。左冷禪切斷了他三肢，料想桃谷六仙不會再難為這個廢人，當即冷笑一聲，退了開去。

桃枝仙道：「咦，左冷禪，你送黃金美女給玉璣子，要他助你做掌門，為甚麼反來斷他手腳，是想殺他滅口嗎？」桃根仙道：「他怕我們把玉璣子撕成四塊，因此出手相救，那全是會錯意了。」桃實仙道：「自作聰明，可嘆，可笑。我們抓住玉璣子，只不過跟他開開玩笑。今日是五嶽派開山立派的好日子，又有誰敢胡亂殺人了？」桃花仙道：「玉璣子確想殺我，但我們念及同門之誼，怎能殺他？他雖不仁，我們卻不能不義。」桃幹仙道：「我們只不過將他拋上天空，摔將下來，又再接住，同門師兄弟，大家玩玩！左冷禪出手如此魯莽，腦筋胡塗得緊。」

桃葉仙拖著只賸獨腳、全身是血的玉璣子，走到左冷禪身前，鬆開了玉璣子的左腳，連連搖頭，說道：「左冷禪，你下手太過毒辣，怎地將一個好好的玉璣子傷成這般模樣？他沒了雙手，只有一隻獨腳，今後叫他如何做人？」

左冷禪怒氣填膺，心想：「剛才我只要出手遲得片刻，玉璣子早給你們撕成四塊，那裏還有命在？這會兒卻來說這風涼話！只是無憑無據，一時卻說不明白。」

桃根仙道：「左冷禪要殺玉璣子，一劍刺死了他，倒也乾淨，卻斷了他雙手一足，叫他不生不死，當眞殘忍，可說是大大的不仁。」桃幹仙道：「大家都是五嶽派中的同門，便有甚麼事過不去，也可好好商量，爲甚麼下手如此毒辣？沒半點同門義氣。」

「托塔手」丁勉大聲道：「你們六個怪人，動不動便將人撕成四塊。左掌門出手相救玉璣子道長，正是瞧在同門的份上，你們卻來胡說。」

桃枝仙道：「我們明明跟玉璣子開玩笑，左冷禪卻信以爲眞，眞假難辨，是非不分，那是不智之極。」桃葉仙道：「男子漢大丈夫，一人作事一身當。你既然傷了玉璣子，便當直承其事，卻又閃閃縮縮，意圖抵賴，竟沒半分勇氣。殊不知這嵩山絕頂，數千位英雄好漢，衆目睽睽，個個見到玉璣子的手足是你砍斷的，難道還能賴得了嗎？」桃花仙道：「不仁、不義、不智、不勇，五嶽派的掌門人，豈能由這樣的人來充當嗎？左冷禪，你也未免太過異想天開了。」說罷，六兄弟一齊搖頭。

其實左冷禪若不以精妙絕倫的劍法斬斷玉璣子的雙手一足，這個做了泰山派掌門還不到一個時辰的道人，當時便給撕成四截了。封禪台旁的一流高手自然都看出來，心下不免稱讚左冷禪劍法精妙，應變神速。但桃谷六仙如此振振有辭的說來，旁人卻也難以辯駁。知道左冷禪吃了冤枉的，肚裏暗自好笑；沒看出其中原由的，均覺左冷禪此舉若非過於魯莽，便是十分的兇狠毒辣，臉上均有不滿之色。

令狐冲與桃谷六仙相處日久，深知他們為人，尋思：「今日桃谷六仙所說的話，句句擊中左冷禪的要害。他六兄弟的腦筋怎能如此清楚？多半暗中另行有人指點。」慢慢走近桃谷六仙身旁，想察看到底是那位高人隱身其側，但見桃谷六仙聚在一起，身邊並無旁人，五兄弟正手忙腳亂的為桃花仙肩頭止血。令狐冲轉過頭來，向西首瞧去，耳中忽然傳來細若蚊鳴的聲音：「冲哥，你是在找我嗎？」

令狐冲又驚又喜，聲音雖細，但清清楚楚，正是盈盈的聲音。他微微側頭，向聲音來處瞧去，只見一名身材臃腫的虬髯大漢倚在一塊大石之旁，懶洋洋的伸手在頭上搔癢。在這嵩山絕頂之上，如這般的虬髯大漢少說也有一二百人，誰都沒加留心，令狐冲略一凝神，突然從那大漢的眼光之中，看到了一絲又狡獪又嫵媚的笑意。他大喜之下，向她走去。

盈盈傳音說道：「別過來，不可拆穿了西洋鏡。」這聲音如一縷細絲，遠遠傳來，鑽入他耳中。令狐冲當即停步，心想：「我倒不知你有這門傳音功夫，定然又是你父親的一項秘傳了。」立時明白：「桃谷六仙所說的那些話，原來都是你教他們的，難怪這六個粗胚，居然講出甚麼不仁不義、不智不勇的話來？」心下喜悅，忍不住要發洩，大聲道：「桃谷七仙的話，當眞有理。我本來只道桃谷只有六仙，那知道還有一位又聰明、又美麗的七仙女桃蕚仙！」

羣雄聽得令狐冲突然開口，說的言語卻如此不倫不類，盡皆愕然。

盈盈傳音道：「這當口事關重大，你是恆山派掌門，可別胡說八道。左冷禪此刻狼狽萬分，正是你當五嶽派掌門的好機會。」

令狐冲心中一凜，暗道：「盈盈喬裝改扮來到嵩山，原來要助我當五嶽派掌門。她是日月神教教主之女，是此間正教門下的死敵，若給人發覺了，那可危險之極。她干冒奇險，一心助我在武林中立大功、享大名，對我如此深情，我……我……我眞不知如何報答？」

只聽得桃根仙道：「方證大師這樣的前輩高人，你們不願讓他做掌門人。玉璣子斷手斷腳，左冷禪不仁不義，自然都不能做掌門了。我們便推舉一位劍術當世第一的少年英雄，來做五嶽派掌門人。有那一個不服的，不妨來領教領教他的劍法。」他說到這裏，左掌攤開，向令狐冲一擺。

桃幹仙道：「這位令狐少俠，原是恆山派掌門，與華山派岳先生淵源極深，跟衡山派莫大先生又是好友。五嶽劍派之中，已有三派是一定擁戴他的了。」桃枝仙道：「泰山派門下的羣道並非都是胡塗蟲，自然也是擁戴他的多，反對他的少。」桃葉仙道：「五嶽派中人人使劍，本來就叫作五嶽劍派嘛，因此誰的劍法最高，誰就一定理所當然、不可不戒的做掌門人。」他說了「理所當然」四字，順口便加上「不可不戒」，也不理會通與不通。

原來之前桃葉仙一直在想：「理所當然不可不戒的弟子，法名該叫甚麼？」雖然桃根仙勉強說上面沒法加，可以加在下面，提議叫做「理所當然不可不戒之至」，雖也言之成理，總覺未臻十全十美，適才突然福至心靈，脫口而出，在「理所當然不可不戒」上面加了「一定」二字，不由得滿意之極。

桃花仙按住肩頭傷口，說道：「左冷禪，你若不服，不妨便和令狐少俠比比劍。誰贏了，誰做五嶽派掌門。這叫做比劍奪帥！」

此次來到嵩山的羣雄，除了五嶽劍派門下以及方證大師、冲虛道人這等有心之人外，大都是存著瞧熱鬧之心。此刻各人均知五派合併，已成定局，爭奪之鵠的，當在掌門人一席。這些江湖上好漢最怕的是長篇大論的爭執，適才桃谷六仙跟左冷禪瞎纏，只因說得有趣，倒不氣悶，但若個個似岳不羣那麼滿口仁義道德，說到太陽落山，還是沒了沒完，那可悶死人了，是以衆人一聽到桃花仙說出「比劍奪帥」四字，登時轟天價叫起好來。羣豪上得山來，見到天門道人自戕斃敵，左冷禪劍斷三肢，這兩幕看得人驚心動魄，可說此行已然不虛，但如五嶽派中衆高手爲爭奪掌門人而大戰一場，好戲紛呈，那可更加過癮了。因此羣雄鼓掌喝采，甚是眞誠熱烈。

令狐冲心想：「我答應方證大師和冲虛道長，力阻左冷禪爲五嶽派掌門，以免他爲禍武林。只要師父做了掌門，他老人家大公無私，自然人人心悅誠服。除了他老人家之外，五嶽劍派中，又有誰配當此重任？」朗聲道：「眼前有一位最適宜的前輩，怎地大家忘了？五嶽派若不由君子劍岳先生來當掌門人，那裏還找得出第二位來？岳先生武功既高，識見更是卓超。他老人家爲人仁義，衆所周知，否則怎地會得了『君子劍』三字的外號？我恆山派推舉岳先生爲五嶽派掌門。」他說了這番話，華山派的羣弟子登時大聲鼓掌喝采。

嵩山派中有人說道：「岳先生雖然不錯，比之左掌門卻總是遜著一籌。」有人道：「左掌門是五嶽劍派盟主，已當了這麼多年，由他老人家出任五嶽派掌門，這才順理成章。又何必另推旁人？」又有人道：「以我之見，五嶽派掌門當然由左掌門來當，另外可設四位副手，由岳先生、莫大先生、令狐少俠、玉……玉……玉……那個玉磬子或是玉音子道長分別擔任，那就妥當得很了。」

桃枝仙叫道：「玉璣子還沒死呢，他斷了兩隻手一隻腳，你們就不要他了？」

桃葉仙道：「比劍奪帥，比劍奪帥！誰的武功高，誰就做掌門！」

千餘名江湖漢子跟著叫嚷：「對！對！比劍奪帥，比劍奪帥！」

令狐冲心想：「今日的局面，必須先將左冷禪打倒，斷了嵩山派衆人的指望，否則我師父永遠做不了五嶽派掌門。」當下仗劍而出，叫道：「左先生，天下英雄在此，衆口一辭，要咱們比劍奪帥。在下和你二人抛磚引玉，先來過過招如何？」暗自思忖：「左冷禪的陰寒掌力十分厲害，我拳腳上功夫可跟他天差地遠，但劍法決不會輸他。我贏了左冷禪之後，再讓給師父，誰也沒話說。就算莫大先生要爭，他也未必勝得了師父。泰山派的兩大高手一死一傷，不會有甚麼好手賸下了。就算我劍法也不是左冷禪對手，但也得在千餘招之後方始落敗，大耗他內力之後，師父再下場跟他相鬥，便頗有勝望。」他長劍虛劈兩劍，說道：「左先生，咱們五嶽劍派門下，人人都使劍，在劍上分勝敗便了。」他這麼說，那是先行封住了左冷禪的口，免得他提出要比拳腳、比掌法。

羣雄紛紛喝采：「令狐少俠快人快語，就在劍上比勝敗。」「勝者爲掌門，敗者聽奉號令，公平交易，最妙不過。」「左先生，下場去比劍啊！有甚麼顧忌，怕輸麼？」「說了這半天話，有甚麼屁用？早就該動手打啦！」

一時嵩山絕頂之上，羣雄叫嚷聲越來越響，人數一多，人人跟著起鬨，縱是平素老成持重之輩，也忍不住大叫大吵。這些人只是左冷禪邀來的賓客，五嶽派由誰出任掌門，如何決定掌門席位，本來跟他們毫不相干，他們原也無由置喙，但比武奪帥，大有熱鬧可瞧，大家都盼能多看幾場好戲。這股聲勢一成，竟然喧賓奪主，變得若不比劍，這掌門人便無法決定了。

令狐冲見衆人附和己見，心下大喜，叫道：「左先生，你如不願和在下比劍，那麼當衆宣布決不當這五嶽派的掌門人，自也不妨。再由其餘的人來比劍便了！」

羣雄紛紛叫嚷：「比劍，比劍！不比的不是英雄，乃是狗熊！」

嵩山派中不少人均知令狐冲劍法精妙，左冷禪未必有勝他的把握，但要說左冷禪不能跟他比劍，卻也舉不出甚麼正大光明的理由，一時都皺起了眉頭，默不作聲。

喧嘩聲中，一個清亮的聲音拔衆而起：「各位英雄衆口一辭，都願五嶽派掌門人一席以比劍決定，我們自也不能拂逆了衆位的美意。」說話之人正是岳不羣。

羣雄叫道：「岳先生言之不差，比劍奪帥，比劍奪帥！」

岳不羣道：「比劍奪帥，原也是一法，只不過我五嶽劍派合而爲一，本意是減少門戶紛爭，以求武林中同道和睦友愛，因此比武只可點到爲止，一分勝敗便須住手，切不可傷殘性命。否則可大違我五派合併的本意了。」

衆人聽他說得頭頭是道，都靜了下來。有一大漢說道：「點到爲止固然好，但刀劍不生眼睛，眞有死傷，那也是自己晦氣，怪得誰來？」又有一人道：「倘若怕死怕傷，不如躲在家裏抱娃娃，又何必來奪這五嶽派的掌門？」羣雄都轟笑起來。岳不羣道：「話雖如此，總是以不傷和氣爲妙。在下有幾點淺見，說出來請各位參詳參詳。」

有人叫道：「快動手打，又說些甚麼了？」另有人道：「別瞎搗亂，且聽岳先生說甚麼。」先前那人道：「誰搗亂了？你回家問你大妹子去！」那邊跟著也對罵起來。

岳不羣道：「那一個有資格參與比武奪帥，可得有個規定……」他內力充沛，一出聲說話，便將污言對罵之人的聲音壓了下來，只聽他繼續道：「比武奪帥，這帥是五嶽派之帥，因此若不是五嶽派門下，不論他有通天本領，可也不能見獵心喜，一時手癢，下場角逐。否則的話，爭的是『劍法天下第一』，卻不是爲定五嶽派掌門了。」

羣雄都道：「對！不是五嶽派門下，自然不能下場比武。」也有人道：「大夥兒亂打一起，爭奪『劍法天下第一』，可也不錯啊。」這人顯是胡鬧，旁人也沒加理會。

岳不羣道：「至於如何比武，方不致傷殘人命，不傷同門和氣，請左先生一抒宏論。」左冷禪冷冷的道：「既動上了手，定要不可傷殘人命，不傷同門和氣，那可爲難得緊。不知岳先生有何高見？」

岳不羣道：「在下以爲，最好是請方證大師、冲虛道長、丐幫解幫主、青城派余觀主等幾位德高望重的武林前輩出來作公證。誰勝誰敗，由他們幾位評定，免得比武之人纏鬥不休。咱們只分高下，不決生死。」

方證道：「善哉，善哉！『只分高下，不決生死』這八個字，便消弭了無數血光之災，左先生意下如何？」

左冷禪道：「這是大師對敝派慈悲眷顧，自當遵從。原來的五嶽劍派五派，每一派只能派出一人比武奪帥，否則每一派都出數百人，不知比到何年何月，方有結局。」

羣雄雖覺五嶽劍派每派只出一人比武，五派便只五人，未免太不熱鬧。但這五派若都是掌門人出手，他本派中人決不會有人向他挑戰。只聽得嵩山派中數百人大聲附和，旁人也就沒有異議。

桃枝仙忽道：「泰山派的掌門人是玉璣子，難道由他這個斷手斷足的牛鼻子來比武奪帥麼？」桃葉仙道：「他斷手斷足，為甚麼便不能參與比武？他還賸下一隻獨腳，大可起飛腳踢人。」羣雄聽了，無不大笑。

泰山派的玉音子怒道：「你這六個怪物，害得我玉璣子師兄成了殘廢，還在這裏出言譏笑，終須叫你們一個個也都斷手斷足。有種的，便來跟你道爺單打獨鬥，比試一場。」說著挺劍而出，站在當場。這玉音子身形高瘦，氣宇軒昂，這麼出來一站，風度儼然，道袍隨風飄動，更顯得神采飛揚。羣雄見了，不少人大聲喝采。

桃根仙道：「泰山派中，由你出來比武奪帥嗎？」桃葉仙道：「是你同門公舉呢？還是你自告奮勇？」玉音子道：「跟你又有甚麼相干？」桃葉仙道：「當然相干，而且理所當然相干之至。如是泰山派公舉你出來比武奪帥，那麼你落敗之後，泰山派中第二人便不能再來比武。」玉音子道：「第二人不能出來比武，那便如何？」

忽然泰山派中有人說道：「玉音子師弟並非我們公舉，如果他敗了，泰山派另有好手，自然可再出手。」正是玉磬子。桃花仙道：「哈哈，另有好手，只怕便是閣下了？」玉磬子道：「不錯，說不定便是你道爺。」桃實仙叫道：「大家請看，泰山派中又起內鬨，天門道人死了，玉璣道人傷了，這玉磬、玉音二人，又爭著做泰山派的新掌門。」玉音子道：「胡說八道！」玉磬子卻冷笑著數聲，並不說話。桃花仙道：「泰山派中，到底是那一個出來比武？」玉磬子和玉音子齊聲道：「是我！」桃根仙道：「好，你們哥兒倆自己先打一架，且看是誰強些。嘴上說不清，打架定輸贏！」

玉磬子越衆而出，揮手道：「師弟，你且退下，可別惹得旁人笑話。」玉音子道：「爲甚麼會惹得旁人笑話？玉璣師兄身受重傷，我要替他報仇雪恨。」玉磬子道：「你是要報仇呢，還是比武奪帥？」玉音子道：「憑咱們這點兒微末道行，還配當五嶽派掌門嗎？那不是痴心妄想？我泰山派衆人，早就已一致主張，請嵩山左盟主爲五嶽派掌門，我哥兒倆又何必出來獻醜？」玉磬子道：「既然如此，你且退下，泰山派眼前以我居長。」玉音子冷笑道：「哼，你雖居長，可是平素所作所爲，服得了人嗎？上下人衆，都聽你話嗎？」

玉磬子勃然變色，厲聲道：「你說這話，是何用意？你不理長幼之序，欺師滅祖，本派門規第一條怎麼說？」玉音子道：「哈哈，你可別忘了，咱們此刻都已是五嶽派門下，大夥兒同年同月同時齊入五嶽派，有甚麼長幼之序？五嶽派門規還未訂下，又有甚麼第一條、第二條？你動不動提出泰山派門規來壓人，只可惜這當兒卻只有五嶽派，沒有泰山派了。」桃枝仙插口道：「有五嶽派而沒泰山派，正是大大的好事，爲甚麼玉音子要說『可惜』？你們想拆散五嶽派，再興泰山派，是不是？玉音子，你倒說說看，爲甚麼說這『可惜』兩字？」玉音子和玉磬子一時都無言可對。

千餘名漢子齊聲大叫：「上去打啊，那個本事高強，打一架便知道了。」

玉磬子手中長劍不住晃動，卻不上前。他雖是師兄，但平素沉溺酒色，武功劍法比之玉音子已大有不如。此後五嶽劍派合併，但五嶽派人衆必將仍然分居五嶽，每一處名山定有一人爲首。玉磬子、玉音子二人自知本事與左冷禪差得甚遠，原無作五嶽派掌門的打算，但頗想回歸本山之後，便爲泰山之長。這時羣雄慫恿之下，師兄弟勢必兵戎相見，玉磬子可不敢貿然動手，只是在天下英雄之前爲玉音子所屈，心中卻也不甘；何況這麼一來，左掌門多半會派玉音子爲泰山之長，從此聽他號令，終身抬不起頭來了。一時之間，師兄弟二人怒目相向，僵持不決。

突然人羣中一個尖利的聲音說道：「我看泰山派武功的精要，你二人誰都摸不著半點邊兒，偏有這麼厚臉皮，在這裏囉唆爭吵，虛耗天下英雄的時光。」衆人向說話之人瞧去，見是個長身玉立的青年，相貌俊美，但臉色青白，嘴角邊微帶冷嘲，正是華山派的林平之。有人識得他的，便叫了出來：「這是華山派岳先生的新女婿。」

令狐冲心道：「林師弟向來拘謹，不多說話，不料士別三日，便當刮目相看，竟在天下英雄之前，出言譏諷這兩個賊道。」適才玉磬子、玉音子二道與玉璣子狼狽爲奸，逼死泰山派掌門人天門道人，向左冷禪諂媚討好，令狐冲心中對二道極是不滿，聽得林平之如此辱罵，頗爲痛快。

玉音子道：「我摸不著泰山派武功的邊兒，閣下倒摸得著了？卻要請閣下施展幾手泰山派武功，好讓天下英雄開開眼界。」他特別將「泰山派」三字說得極響，意思說，你是華山派弟子，武功再強，也只是華山派的，決不會連我泰山派的武功也會練。

林平之冷笑一聲，說道：「泰山派武功博大精深，豈是你這等認賊爲父、戕害同門的不肖之徒所能領略……」岳不羣喝道：「平兒，玉音道長乃是長輩，不得無禮！」林平之應道：「是！」

玉音子怒道：「岳先生，你調教的好徒兒，好女婿！連泰山派的武功如何，他也能來胡言亂語。」

突然一個女子的聲音道：「你怎知他是胡言亂語？」一個俊俏的少婦越衆而出，長裙拂地，衣帶飄風，鬢邊插著一朵小小紅花，正是岳靈珊。她背上負著一柄長劍，右手反過去握住劍柄，說道：「我便以泰山派的劍法，會會道長的高招。」

玉音子認得她是岳不羣的女兒，心想岳不羣這番大力贊同五派合併，左冷禪言語神情中對他甚是客氣，倒也不敢得罪了她，微微一笑，說道：「岳姑娘大喜，貧道沒來道賀，討一杯喜酒喝，難道為此生我的氣了嗎？貴派劍法精妙，貧道向來是十分佩服的。但華山派門人居然也會使泰山派劍法，貧道今日還是首次得聞。」

岳靈珊秀眉一軒，道：「我爹爹要做五嶽派掌門人，對五嶽劍派每一派的劍法，自然都得鑽研一番。否則的話，就算我爹爹打羸了四派掌門人，那也只是華山派獨佔鰲頭，算不得是五嶽派真正的掌門人。」

此言一出，羣雄登時聳動。有人道：「岳先生要做五嶽派掌門人？」有人大聲道：「難道泰山、衡山、嵩山、恆山四派的武功，岳先生也都會嗎？」

岳不羣朗聲道：「小女信口開河，小孩兒家的話，衆位不可當真。」

岳靈珊卻道：「嵩山左師伯，如果你能以泰衡華恆四派劍法，分別打敗我四派好手，我們自然服你做五嶽派掌門。否則你嵩山派的劍法就算獨步天下，也不過嵩山派的劍法十分高明而已，跟別的四派，終究拉不上干係。」

羣雄均想：這話確然不錯。如果有人精擅五嶽劍派各派劍法，以他來做五嶽派掌門，自是再合適不過。可是五嶽劍派每一派的劍法，都是數百年來經無數好手嘔心瀝血鍛鍊而成。有人縱得五派名師分別傳授，經數十年苦練，也未必能學全五派的全部劍法，而各派秘招絕藝，都是非本派弟子不傳，如說一人而能同時精擅五嶽派劍法，決計無此可能。

左冷禪卻想：「岳不羣的女兒爲甚麼說這番話？其中必有用意。難道岳不羣當眞痰迷了心竅，想跟我爭奪這五嶽派掌門人之位嗎？」

玉音子道：「原來岳先生已精通五派劍法，那可是自從五嶽劍派創派以來，從所未有的大事。貧道便請岳姑娘指點指點泰山派的劍法。」

岳靈珊道：「甚好！」唰的一聲，從背上劍鞘中拔出了長劍。

玉音子心下大是著惱：「我比你父親還長著一輩，你這女娃娃居然敢向我拔劍！」他只道岳不羣定會出手阻攔，就算眞要動手，華山派中也只有岳不羣夫婦才堪與自己匹敵，豈知岳不羣只搖頭嘆息，說道：「小孩子家不知天高地厚。玉音、玉磬兩位前輩，乃泰山派一等一好手。你要用泰山派劍法跟他們過招，那不是自討苦吃嗎？」

玉音子心中一凜：「岳不羣居然叫女兒用泰山劍法跟我過招。」一瞥眼間，只見岳靈珊右手長劍斜指而下，左手五指正在屈指而數，從一數到五，握而成拳，又將拇指伸出，次而食指，終至五指全展，跟著又屈拇指而屈食指，再屈中指，登時大吃一驚：「這女娃娃怎地懂得這一招『岱宗如何』？」

玉音子在三十餘年前，曾聽師父說過這一招「岱宗如何」的要旨，這一招可算得是泰山派劍法中最高深的絕藝，要旨不在右手劍招，而在左手的算數。左手不住屈指計算，算的是敵人所處方位、武功門派、身形長短、兵刃大小，以及日光所照高低等等，計算極爲繁複，一經算準，挺劍擊出，無不中的。當時玉音子心想，要在頃刻之間，將這種種數目盡皆算得淸淸楚楚，自知無此本領，其時並未深研，聽過便罷。他師父對此術其實也未精通，只說：「這招『岱宗如何』使起來太過艱難，似乎不切實用，實則威力無儔。你既無心詳參，那是與此招無緣，也只好算了。你的幾個師兄弟都不及你細心，他們更不能練。可惜本派這一招博大精深、世無其匹的劍招，從此便要失傳了。」玉音子見師父並未勉強自己苦練苦算，暗自欣喜，此後在泰山派中也從未見人練過，不料事隔數十年，竟見岳靈珊這年輕少婦使了出來，霎時之間，額頭上出了一片汗珠。

他從未聽師父說過如何對付此招，只道自己既然不練，旁人也決不會使這奇招，自無需設法拆解，豈知世事之奇，竟有大出於意料之外者。情急智生，自忖：「我急速改變方位，竄高伏低，她自然算我不準。」當即長劍一晃，向右滑出三步，一招「青天無雲」，轉過身來，身子微矮，長劍斜刺，離岳靈珊右肩尙有五尺，便已圈轉，跟著一招「峻嶺橫空」，去勢奇疾而收劍極快。只見岳靈珊站在原地不動，右手長劍的劍尖不住晃動，左手五指仍伸屈不定。

玉音子展開劍勢，身隨劍走，左邊一拐，右邊一彎，越轉越急。這路劍法叫做「泰山十八盤」，乃泰山派昔年一位名宿所創，他見泰山山門下十八盤處羊腸曲折，五步一轉，十步一迴，勢甚險峻，因而將地勢融入劍法之中，與八卦門的「八卦遊身掌」有異曲同工之妙。泰山「十八盤」越盤越高，越行越險，這路劍招也是越轉越狠辣。玉音子每一劍似乎均要在岳靈珊身上對穿而過，其實自始至終，並未出過一招眞正殺著。

他雙目所注，不離岳靈珊左手五根手指的不住伸屈。昔年師父有言：「這一招『岱宗如何』，可說是我泰山劍法之宗，擊無不中，殺人不用第二招。劍法而到這地步，已是超凡入聖。你師父也不過是略知皮毛，眞要練到精絕，那可談何容易？」想到師父這些話，背上冷汗一陣陣的滲了出來。

那泰山「十八盤」，有「緩十八、緊十八」之分，正面十八處盤旋較緩，側坡十八處盤旋甚緊，一步高一步，所謂「後人見前人履底，前人見後人髮頂」。泰山派這路劍法，純從泰山這條陡道的地勢中化出，也是忽緩忽緊，迴旋曲折。

令狐冲見岳靈珊既不擋架，也不閃避，左手五指不住伸屈，似乎在計算數目，不由得心下大急，只想大叫：「小師妹，小心！」但這五個字塞在喉頭，始終叫不出來。

玉音子這路劍法將要使完，長劍始終不敢遞到岳靈珊身周二尺之處。岳靈珊長劍倏地刺出，一連五劍，每一劍的劍招皆蒼然有古意。

一旁玉磬子失聲叫道：「『五大夫劍』！」泰山有松樹極古，相傳爲秦時所封之

「五大夫松」，虬枝斜出，蒼翠相掩。玉磬子、玉音子的師伯祖曾由此而悟出一套劍法來，便稱之爲「五大夫劍」。這套劍法招數古樸，內藏奇變，玉磬子二十餘年前便已學得精熟，但眼見岳靈珊這五招似是而非，與自己所學頗有不同，卻顯然又比原來劍法高明得多，心下驚詫之餘，慢慢走近，要想看個仔細。岳靈珊突然纖腰一彎，挺劍向他刺去，叫道：「這也是你泰山派的劍法嗎？」

玉磬子急舉劍相架，叫道：「『來鶴清泉』，如何不是泰山劍法，不過……」這一招雖然架開，卻已驚得出了一身冷汗，敵劍之來，方位與自己所學大不相同，這一劍險些便透胸而過。岳靈珊道：「是泰山劍法就好！」唰的一聲，反手砍向玉音子。玉磬子道：「『石關迴馬』！你使得不……不大對……」岳靈珊道：「劍招名字，你記得倒熟。」長劍展開，唰唰兩劍，只聽玉音子「啊」的一聲大叫，右腿已然中劍。幾乎便在同一刹那，玉磬子也右膝中劍，一個踉蹌，右腿一屈，跪了下來，急忙以劍支地撐起，力道用得猛了，劍尖又剛好撐在一塊痳石之上，啪的一響，長劍斷爲兩截，口中兀自說道：「『快活三』！不過……不過……」

岳靈珊一聲冷笑，將長劍反手揷入背上劍鞘。

旁觀羣雄轟然叫好。這樣一位年輕美貌的少婦，竟在舉手投足之間，以泰山派劍法將兩位泰山派高手殺敗，劍法之妙，令人看得心曠神怡，這一番采聲，當眞山谷鳴響。

左冷禪與嵩山派的幾名高手對望一眼，都大為疑慮：「這女娃娃所使確是泰山劍法。然而其中大有更改，劍招老練狠辣，決非這女娃娃所能琢磨而得，定是岳不羣暗中練就了傳授於她。要練成這路劍法，不知要花多少時日，岳不羣如此處心積慮，其志決不在小。」

玉音子突然大叫：「你……你……這不是眞的『岱宗如何』！」他於中劍受傷之後，這才省悟，岳靈珊只不過擺個「岱宗如何」的架子，其實並非眞的會算，否則的話，她一招即已取勝，又何必再使「五大夫劍」、「來鶴淸泉」、「石關迴馬」、「快活三」等等招術？更氣人的是，她竟將泰山派的劍招在關鍵處忽加改動，自己和師哥二人倉卒之際，不及多想，自然而然以數十年來練熟了的劍招拆解，而她出劍方位陡變，以致師兄弟倆雙雙中計落敗。倘若她使的是別派劍法，不論招式如何精妙，憑著自己劍術上的修為，決不能輸了給這嬌怯怯的少婦。但她使的確是泰山派劍法，卻又不是假的，心中既慚愧氣惱，又驚惶詫異，更有七分上了當的不服氣。

令狐冲眼見岳靈珊以這幾招劍法破敵，心下一片迷茫，忽聽得背後有人低聲道：「令狐掌門，這幾招劍法是你教她的？」令狐冲回過頭來，見說話的是田伯光，便搖了搖頭。田伯光微笑道：「那日在華山頂上，你和我動手，記得你便曾使過這一招來鶴淸甚麼的，只不過那時你還沒使熟。」

令狐冲神色茫然，宛如不聞。當岳靈珊一出手，他便瞧了出來，她所使的乃是華山思過崖後洞石壁上所刻的泰山派劍法。但自己在後洞石壁上發現劍招石刻之事，並未對華山派任何人提過，當日離開思過崖，記得已將後洞的洞口掩好，岳靈珊怎會發見？轉念又想：「我既能發見後洞，小師妹當然也能發見。何況我已在無意中打開了洞口，小師妹便易找得多了。」

他在華山思過崖後洞，見到石壁上所刻五嶽劍法的絕招，以及魔教諸長老破解各家劍法的法門，雖於所刻招數記得頗熟，但這些招數叫作甚麼名字，卻全然不知。眼見岳靈珊最後三劍使得猶似行雲流水，大有善御者駕輕車而行熟路之意，三劍之間擊傷泰山派兩名高手，將石壁上的劍招發揮得淋漓盡致，心下也暗自讚嘆。又聽得玉磬子說出「快活三」三字，想起當年曾隨師父去過泰山，過水簾洞後，一條長長的山道斜坡，名爲「快活三」，意思說連續三里，順坡而下，走起來十分快活，想不到這連環三劍，竟是從這條斜坡化出。

一個瘦削的老者緩步而出，說道：「岳先生精擅五嶽劍派各派劍法，實是武林中從所未有。老朽潛心參研本派劍法，有許多處所沒法明白，今日正好向岳先生請敎。」他左手拿著一把撫摩得晶光發亮的胡琴，右手從琴柄中慢慢抽出一柄劍身極細的短劍，正是衡山派掌門莫大先生。

岳靈珊躬身道：「莫師伯手下留情。姪女胡亂學得幾手衡山劍法，請莫師伯指點。」

莫大先生口說「今日正好向岳先生請教」，原是向岳不羣索戰，不料岳靈珊一句話便接了過去，還言明是用衡山派劍法。莫大先生江湖上威名素著，羣雄適才又聽得左冷禪言道，嵩山派好手大嵩陽手費彬便死在他劍下，均想：「難道岳靈珊以泰山劍法傷了兩名泰山派高手，又能以衡山劍法與他對敵？」

莫大先生微笑道：「很好，很好！了不起，了不起！」岳靈珊道：「等到姪女敵不過莫師伯，再由我爹爹下場。」莫大先生喃喃的道：「敵得過的，敵得過的！」短劍慢慢指出，突然間在空中一顫，發出嗡嗡之聲，跟著便是嗡嗡兩劍。岳靈珊舉劍招架，莫大先生的短劍如鬼如魅，竟已繞到了岳靈珊背後。

岳靈珊急忙轉身，耳邊只聽得嗡嗡兩聲，眼前有一團頭髮飄過，卻是自己的頭髮已給莫大先生削了一截下來。她大急之下，心念電轉：「他這是手下留情，否則適才這一劍已然殺了我。他既不傷我，便可和他對攻。」當下更不理會對方劍勢來路，唰唰兩劍，分向莫大先生小腹與額頭刺去。

莫大先生微微一驚：「這兩招『泉鳴芙蓉』、『鶴翔紫蓋』，確是我衡山派絕招，這小姑娘如何學得了去？」

衡山七十二峯，以芙蓉、紫蓋、石廩、天柱、祝融五峯最高。衡山派劍法之中，也有五路劍法，分別以這五座高峯爲名。莫大先生眼見適才岳靈珊所出，均是「一招包一路」的劍法，在一招之中，包含了一路劍法中數十招的精要。「芙蓉劍法」三十六招，「紫蓋劍法」四十八招。「泉鳴芙蓉」與「鶴翔紫蓋」兩招劍法，分別將芙蓉劍法、紫蓋劍法每一路數十招中的精奧之處，融會簡化而入一招，一招之中有攻有守，威力之強，爲衡山劍法之冠，是以這五招劍法，合稱「衡山五神劍」。

衆人只聽得錚錚錚之聲不絕，不知兩人誰攻誰守，也不知在頃刻間兩人已拆了幾招。

莫大先生事事謀定而後動，「比劍奪帥」之議既決，他便即籌思對策。他絕無半分要當五嶽派掌門人之念，更知不是左冷禪和令狐冲的敵手，但身爲衡山掌門，不能自始至終龜縮不出。他氣惱玉磬子爲虎作倀，逼死天門道人，本擬和這道人一拚，豈知泰山三子一上來便先後受傷，於是牖下的對手便只岳不羣一人。他在少林寺中，已將岳不羣的武功瞧得淸淸楚楚，自己不致輸了於他，但上來動手的竟是岳不羣的女兒。岳靈珊會使衡山派劍法，他已是一驚，而她所使的更是衡山劍法中最上乘的「一招包一路」，更令他心中盡是驚懼惶惑。

莫大先生的師祖和師叔祖，當年在華山絕頂與魔教十長老會鬥，雙雙斃命。其時莫大先生的師父年歲尚輕，芙蓉、紫蓋等五路劍法是學全了，但「一招包一路」的「泉鳴芙蓉」、「鶴翔紫蓋」那五招衡山神劍，卻只知了個大概。莫大先生自然也未得師父詳加傳授指點。豈知此刻竟會在別派一個年輕女子劍底顯了出來。只是岳靈珊那兩招只得劍形而未得其意，否則的話，莫大先生心神激盪之際，在第二招上便已落敗。

他好容易接過了這兩招，只見岳靈珊長劍晃動，正是一招「石廩書聲」，跟著又是一招「天柱雲氣」。那「天柱劍法」主要是從雲霧中變化出來，極盡詭奇之能事，動向無定，不可捉摸。莫大先生一見岳靈珊使出「天柱雲氣」，他見機極快，當即不架而走。所謂不架而走，那不過說得好聽，其實是打不過而逃跑。只是他劍法變化繁複，逃走之際，短劍東刺西削，使人眼花繚亂，不知他已是在使三十六策中的上策。

他知衡山五大神劍之中，除了「泉鳴芙蓉」、「鶴翔紫蓋」、「石廩書聲」、「天柱雲氣」之外，最厲害的一招叫做「雁迴祝融」。衡山五高峯中，以祝融峯最高，這招「雁迴祝融」，在衡山五神劍中也最爲精深。莫大先生的師父當年說到這一招時，含糊其詞，並說自己也不大清楚，如岳靈珊再使出這一招來，自己縱不喪命當場，那也非大大出醜不可。他腳下急閃，短劍急揮，心念急轉：「她雖學到了奇招，看來只會呆使，不會隨機應便。說不得，只好冒險跟她拚上一拚，否則莫大今後也不用再在江湖上混了。」

眼見岳靈珊腳步微一遲疑，知她一時之間拿不定主意，到底要追呢還是不追，莫大先生暗叫：「慚愧！畢竟年輕人沒見識。」岳靈珊以這招「天柱雲氣」逼得莫大先生轉身而逃，他雖掩飾得高明，似乎未呈敗象，但武功高明之士，人人都已見到他不敵而走的窘態。倘若岳靈珊立時收劍行禮，說道：「莫師伯，承讓！姪女得罪。」那麼勝敗便已分了。莫大先生何等身分地位，豈能敗了一招之後，再轉身與後輩女子纏鬥？可是岳靈珊竟然猶豫，實是莫大先生難得之極的良機。

但見岳靈珊笑靨甫展，櫻唇微張，正要說話，莫大先生手中短劍嗡嗡作響，向她直撲過去。這幾下急劍，乃莫大先生畢生功力之所聚，劍發琴音，光環亂轉，霎時之間已將岳靈珊裹在一團劍光之中。岳靈珊一聲驚呼，連退了幾步。莫大先生豈容她緩出手來施展那招「雁迴祝融」？他手中短劍越使越快，一套「百變千幻雲霧十三式」有如雲捲霧湧，旁觀者不由得目爲之眩，若不是羣雄覺得莫大先生頗有以長凌幼、以男欺女之嫌，采聲早已大作。

當岳靈珊使出「泉鳴芙蓉」等幾招時，令狐冲更無懷疑，她這幾路劍法，是從華山思過崖後洞的石壁上學來的，尋思：「小師妹爲甚麼會到思過崖去？師父、師娘對她甚是疼愛，當然不會罰她在這荒僻的危崖上靜坐思過。就算她犯了甚麼重大過失，師父、師娘也不過嚴加斥責而已。思過崖與華山主峯相距不近，地形又極凶險，即令是一個尋常女弟子，也不會罰她孤另另的去住在崖上。難道是林師弟受罰到崖上思過，小師妹每日去送飯送茶，便像她從前待我那樣嗎？」想到此處，不由得心口一熱。

又想：「林師弟沉默寡言，循規蹈矩，宛然便是一位『小君子劍』。他正因此而得到師父、師娘和小師妹的歡心，怎會犯錯而受罰到崖上思過？何況師父早就要將小師妹配與林師弟。不會，不會，決計不會！」猛然想起：「難道小師妹……小師妹……」內心深處突然浮起一個念頭，可是這念頭太過荒唐，剛浮入腦海，便即壓下，一時心中恍恍惚惚，到底是個甚麼念頭，自己也不大清楚。

便在此時，只聽得岳靈珊「啊」的一聲驚呼，長劍脫手斜飛，左足一滑，仰跌在地。莫大先生手中短劍伸出，指向她的左肩，笑道：「姪女請起，不用驚慌！」

突然間啪的一聲響，莫大先生手中短劍斷折，卻是岳靈珊從地下拾起了兩塊圓石，左手圓石砸在莫大先生劍上，那短劍劍身甚細，一砸之下，立即斷成兩截。跟著岳靈珊右手的圓石向左急擲。莫大先生兵刃斷折，吃了一驚，又見她將一塊圓石向左擲出，左側並無旁人，此舉甚是古怪，不明其意。驀地裏那塊圓石竟飛了轉來，撞在莫大先生右胸。砰的一聲，跟著喀喇幾響，他胸口肋骨登時有數根撞斷，一張口，鮮血直噴。

這幾下變幻莫測，岳靈珊的動作不但快得甚奇，每一下卻又乾淨利落，眾人盡皆呆了。人人都看得分明，莫大先生佔了先機之後，不再進招，只說：「姪女請起，不用驚慌。」那原是長輩和晚輩過招佔勝後應有之義。可是岳靈珊拾起圓石所使的那兩招，卻實有鬼神莫測之機。令狐冲卻明白，岳靈珊這兩招，正是當年魔教長老破解衡山劍法的絕招。不過石壁上所刻人形所使的是一對銅鎚。岳靈珊以圓石當銅鎚使，要拆招久戰，當然不行，但一招間擲出飛回，只要練成了運力的巧勁，圓石與銅鎚並無二致。

岳不羣飛身入場，啪的一聲響，打了岳靈珊一個耳光，喝道：「莫大師伯明明讓你，你何敢對他老人家無禮？」彎腰扶起莫大先生，說道：「莫兄，小女不知好歹，小弟當眞抱歉之至。尙請原諒。」

莫大先生苦笑道：「將門虎女，果然不凡。」說了這兩句話，又是哇的一聲，一口鮮血噴出。衡山派兩名弟子奔了出來，將他扶回。岳不羣怒目向女兒瞪了一眼，退在一旁。

令狐冲見岳靈珊左邊臉頰登時腫起，留下了五個手指印，足見她父親這一掌打得著實不輕。岳靈珊眼淚涔涔而下，可是嘴角微撇，神情頗爲倔強。令狐冲便即想起：「從前我和她同在華山，她有時頑皮，受到師父師娘的責罵，心中委屈，便是這麼一副又可憐又可愛的神氣。那時我必千方百計的哄得她歡喜。小師妹最開心的，莫過於和我比劍而勝，只不過我必須裝得似模似樣，似乎眞的偶一疏忽而給她佔了先機，決不能讓她看出是故意讓她……」

想到這裏，腦海中一個本來十分模糊的念頭，突然之間，顯得淸晰異常：「她怎麼會到思過崖去？多半她是在婚前婚後，思念昔日我對她的深情，因而孤身來到崖上，緬懷舊事。後洞的入口我本是用石子封砌好了的，若非在崖上長久逗留，不易發見。如此說來，她在崖上所留時間不短，去了也不止一次。」轉頭向林平之瞥了一眼，尋思：「林師弟和她新婚，該當喜氣洋洋，心花怒放才是。爲甚麼他始終神色鬱鬱？小師妹給她父親當衆打了一掌，他做丈夫的既不過去勸慰，也無關心之狀，未免太過不近人情。」

他想岳靈珊爲了掛念自己而到思過崖去追憶昔情，只是他一廂情願的猜測，可是他似乎已迷迷惘惘的見到，岳靈珊如何在崖上淚如雨下，如何痛悔嫁錯了林平之，如何爲了辜負自己的一片深情而傷心不已。一抬頭，只見岳靈珊正彎腰拾劍，淚水滴在青草之上，一根青草因淚水的滴落而彎了下去，令狐冲胸口一陣衝動：「我當然要哄得她破涕爲笑！」在他眼中看出來，這嵩山絕頂的封禪台側，已成爲華山的玉女峯，數千名江湖好漢，不過是一棵棵樹木，便只一個他刻骨相思、傾心而戀的意中人，爲了受到父親的責打而在哭泣。他一生之中，曾哄過她無數次，今日怎可置之不理？

他大踏步而出，說道：「小師……小……」隨即想起，要哄得她歡喜，必須眞打，一顆心撲通撲通的跳動，說道：「你勝了泰山、衡山兩派掌門人，劍法非同小可。我恆山派心下不服，你能以恆山派劍法，跟我較量較量麼？」

岳靈珊緩緩轉身，一時卻不抬頭，似在思索甚麼，過了好一會，這才慢慢抬起頭來，突然臉上一紅。令狐冲道：「岳先生本領雖高，但竟能盡通五嶽劍派各派劍法，我可難以相信。」岳靈珊抬起頭來，說道：「你本來也不是恆山派的，今日爲恆山掌門，不是也精通了恆山派劍法嗎？」臉頰上兀自留著淚水。

令狐冲聽她這幾句話語氣甚和，頗有友善之意，心下喜不自勝，暗道：「我定要裝得極像，不可讓她瞧出來我是故意容讓。」說道：「『精通』二字，可不敢說。但我已在恆山多時，恆山派劍法應當習練。此刻我以恆山派劍法領教，你也當以恆山派劍法拆解。倘若所使劍法不是恆山一派，那麼雖勝亦敗，你意下如何？」他已打定了主意，自己劍法比她高明得多，那是衆所周知之事，倘若假裝落敗，別人固然看得出，連岳靈珊也不會相信，只有鬥到後來，自己突然在無意之間，以一招「獨孤九劍」或是華山派的劍法將她擊敗，那時雖然取勝，亦作敗論，人人不會懷疑。

岳靈珊道：「好，咱們便比劃比劃！」提起長劍，劃了個半圈，斜斜向令狐冲刺去。

只聽得恆山派一羣女弟子中，同時響起了「咦」的一聲。羣雄之中便有不識得恆山派劍法的，聽得這些女弟子這聲驚呼，而呼叫中顯是充滿了欽佩之意，也即知岳靈珊這招確是恆山劍法，而且招式著實不凡。

她所使的，正是思過崖後洞的招式，而這招式，卻是令狐冲曾傳過恆山派女弟子的。

令狐冲揮劍擋開。他知道恆山派劍法以圓轉綿密見長，每一招劍法中都隱含陰柔之力，與人對敵時，往往十招中有九招都是守勢，只有一招才乘虛突襲。他與恆山派弟子相處已久，又親眼見過定靜師太數次與敵人鬥劍，這時施展出來的，招招成圓，餘意不盡，顯然已深得恆山派劍法的精髓。

方證大師、冲虛道長、丐幫幫主、左冷禪等人於恆山劍法均熟識已久，眼見令狐冲並非恆山派出身，卻將恆山劍法使得中規中矩，於極平凡的招式之中暗蓄鋒芒，深合恆山派武功「綿裏藏針」的要訣，無不暗讚。他們都知數百年來恆山門下均以女尼為主，出家人慈悲為本，女流之輩更不宜妄動刀劍，學武只是為了防身。這「綿裏藏針」訣，便如是暗藏鋼針的一團棉絮。旁人倘若不加觸犯，棉絮輕柔溫軟，於人無忤，但若猛力緊揑，棉絮中所藏鋼針便刺入手掌；刺入的深淺，並非決於鋼針，而決於手掌上使力的大小。使力小則受傷輕，使力大則受傷重。這武功要訣，本源便出於佛家因果報應、業緣自作、善惡由心之意。

令狐冲學過「獨孤九劍」後，於各式武功皆能明其要旨。他所使劍法原是重意不重招，這時所使的恆山劍法，方位變化與原來招式頗有歧異，但恆山劍意卻清清楚楚的顯了出來。各家高手雖然識得恆山劍法，但所知的只是大要，於細微曲折處的差異自是不知，是以見到令狐冲的劍意，均想：「這少年身為恆山掌門，果然不是倖致！原來早得定閒、定靜諸師太的眞傳。」只恆山派門下弟子儀和、儀清等人，才看出他所使招式與師傳並不完全相符。但招式雖異，於本門劍法的含意，卻只有體會得更加深切。

令狐冲和岳靈珊二人所使的恆山派劍法，均是從思過崖後洞中學來，但令狐冲劍法根柢比岳靈珊強得太多，加之他與恆山派師徒相處日久，所知恆山派劍法的範圍，自非岳靈珊所及。二人一交上劍，若不是令狐冲故意相讓，只在數招之間便即勝了。拆到三十餘招後，岳靈珊從石壁上學來的劍招已窮，只得從頭再使。好在這套劍法精妙繁複，使動時圓轉如意，一招與一招之間絕少斧鑿之痕，從第一招到三十六招，便如是一氣呵成的一式大招。她劍招重複，除了令狐冲也學過石壁劍法之外，誰也看不出來。

岳靈珊的劍招使得綿密，令狐冲依法與之拆解。兩人所學劍招相同，俱是恆山派劍法的精華，打來絲絲入扣，悅目動人。旁觀羣雄看得高興，忍不住喝采。

有人道：「令狐冲是恆山派掌門，這路劍法使得如此精采，也沒甚麼希奇。岳姑娘明明是華山派的，怎麼也會使恆山劍法？」有人道：「令狐冲本來也是岳先生的門下，還是華山派的大弟子呢，否則他怎麼也會這路劍法了？若不是岳先生一手親授，兩個人怎會拆解得這等合拍？」又有人道：「岳先生精通華山、泰山、衡山、恆山四派劍法，看來於嵩山劍法也必熟悉。這五嶽派掌門人一席，那是非他莫屬了。」另一人道：「那也不見得。嵩山左掌門的劍法比岳先生高得多。武功之道，貴精不貴多，你就算於天下武功無所不會，通統都是三腳貓，又有甚麼用處？左掌門單是一路嵩山劍法，便能擊敗岳先生的五派劍法。」先一人道：「你又怎知？當眞大言不慚。」那人怒道：「甚麼大言不慚？你有種，咱們便來賭五十兩銀子。」先一人道：「甚麼有種沒種？咱們賭一百兩。現銀交易，輸了賴的便是恆山派門下。」那人道：「好，賭一百兩！甚麼恆山派門下？」先一人道：「那個賴的，便是尼姑！」那人「呸」的一聲，在地下吐了一口痰。

這時岳靈珊出招越來越快，令狐冲瞧著她婀娜的身形，想起昔日同在華山練劍的情景，漸漸的神思恍惚，不由得痴了，眼見她一劍刺到，順手還了一招。不想這一招並非恆山派劍法。岳靈珊一怔，低聲道：「青梅如豆！」跟著還了一劍，削向令狐冲額間。令狐冲也是一呆，低聲道：「柳葉似眉。」

他二人於所拆的恆山劍法，只知其式而不知其名，適才交換的這兩招，卻不是恆山劍法，而是兩人在華山練劍時共創的「冲靈劍法」。「冲」是令狐冲，「靈」是岳靈珊，是二人為了好玩而共同鑽研出來的劍術。

令狐冲的天份比師妹高得多，不論做甚麼事都喜不拘成法，別創新意，這路劍法雖說是二人共創，十之八九卻是令狐冲想出來的。當時二人武功造詣尚淺，這路劍法中也沒甚麼厲害招式，只是二人常在無人處拆解，練得卻十分純熟。令狐冲無意間使了一招「青梅如豆」，岳靈珊便還了一招「柳葉似眉」。兩人原無深意，可是突然之間，臉上都是一紅。令狐冲手上不緩，還了一招「霧中初見」，岳靈珊隨手便是一招「雨後乍逢」。這套劍法，二人在華山已不知拆過了多少遍，但怕岳不羣、岳夫人知道後責罵，從不讓第三人知曉，此刻卻情不自禁，在天下英雄之前使了出來。

這一接上手，頃刻間便拆了十來招，不但令狐冲早已回到了昔日華山練劍的情景之中，連岳靈珊心裏，也漸漸忘卻了自己此刻是已嫁之身，是在數千江湖漢子之前，爲了父親的聲譽而出手試招，眼中所見，只是這個倜儻瀟洒的大師哥，正在和自己試演二人合創的劍法。

令狐冲見她臉上神色越來越柔和，眼中射出喜悅的光芒，顯然已將適才給父親打了記耳光的事淡忘了，心想：「今天我見她一直鬱鬱不樂，容色也甚憔悴，現下終於高興起來了。唉，但願這套冲靈劍法有千招萬招，一生一世也使不完。」自從他在思過崖上聽得岳靈珊口哼福建小調以來，只有此刻，小師妹對他才像從前這般相待，不由歡喜無限。

又拆了二十來招，岳靈珊長劍削向他左腿，令狐冲左足飛起，踢向她劍身。岳靈珊劍刃一沉，砍向他足面。令狐冲長劍急攻她右腰，岳靈珊劍鋒斜轉，噹的一聲，雙劍相交，劍尖震起。二人同時挺劍急刺向前，同時疾刺對方咽喉，出招迅疾無比。

瞧雙劍去勢，誰都沒法挽救，勢必要同歸於盡，旁觀羣雄都忍不住驚叫。卻聽得錚的一聲輕響，雙劍劍尖竟在半空中抵住了，濺出星星火花，兩柄長劍彎成了弧形，跟著二人左手推出，雙掌相交，同時借力飄了開去。這一下變化誰都料想不到，這兩把長劍竟有如此巧法，居然在疾刺之中，會在半空中相遇而劍尖相抵，這等情景，便有數千數萬次比劍，也難得碰到一次，而他二人竟然在生死繫於一線之際碰到了。

殊不知雙劍如此在半空中相碰，在旁人是數千數萬次比劍不曾遇上一次，他二人卻是練了數千數萬次要如此相碰，而終於練成了的。這招劍法必須二人同使，兩人出招的方位力道又須拿捏得分毫不錯，雙劍才會在迅疾互刺的一瞬之間劍尖相抵，劍身彎成弧形。這劍法以之對付旁人，自無半分克敵制勝之效，在令狐冲與岳靈珊，卻是一件又艱難又有趣的玩意。二人練成招數之後，更進一步練得劍尖相碰，濺出火花。

當他二人在華山上練成這一招時，岳靈珊曾問，這一招該當叫作甚麼。令狐冲道：「你說叫甚麼好？」岳靈珊笑道：「雙劍疾刺，簡直是不顧性命，叫作『同歸於盡』罷？」令狐冲道：「同歸於盡，倒似你我有不共戴天之仇似的，還不如叫作『你死我活』！」岳靈珊啐道：「爲甚麼我死你活？你死我活才對。」令狐冲道：「我本來說是『你死我活』。」岳靈珊道：「你啊我啊的纏夾不清，這一招誰都沒死，叫作『同生共死』好了。」令狐冲拍手叫好。岳靈珊一想「同生共死」這四字太過親熱，一撒劍，掉頭便跑了。

旁觀羣雄見二人在必死之境中逃了出來，實是驚險無比，手中無不揑了把冷汗，連那一聲喝采也都忘了。那日在少林寺中，岳不羣與令狐冲拔劍動手，爲了勸他重歸華山門下，也曾使過幾招「冲靈劍法」，但這一招卻沒使過。岳不羣雖曾在暗中窺看二人練劍，得知冲靈劍法的招式，卻並未花下心血時間去練這招既無聊又無用的「同生共死」。因此連方證、冲虛、左冷禪等人見到這一招時，也都大吃一驚。盈盈心中的驚駭，更不在話下。

只見他二人在半空中輕身飄開，俱是嘴角含笑，姿態神情，便似裹在一團和煦的春風之中。兩人挺劍再上，隨即又鬥在一起。二人在華山創製這套劍法時，師兄妹間情投意合，互相依戀，因之劍招之中，也是好玩的成份多，而兇殺的意味少。此刻二人對劍，不知不覺之間，都回想到從前的情景，出劍轉慢，眉梢眼角，漸漸流露出昔日青梅竹馬的柔情。這與其說是「比劍」，不如說是「舞劍」，而「舞劍」兩字，又不如「劍舞」之妥貼，這「劍舞」卻又不是娛賓，而是爲了自娛。

突然間人叢中「嘿」的一聲，有人冷笑。岳靈珊一驚，聽得出是丈夫林平之的聲音，心中一寒：「我和大師哥這麼打法，那可不對。」長劍一圈，自下而上，斜斜撩出一劍，勢勁力疾，姿式美妙已極，卻是華山派「玉女劍十九式」中的一式。

林平之那一聲冷笑，令狐冲也聽見了，但見岳靈珊立即變招，來劍毫不容情，再不像適才使冲靈劍法那樣充滿了纏綿之意。他胸口一酸，種種往事，霎時間都湧向心頭，想起自己給師父罰去思過崖面壁思過，小師妹每日給自己送飯，一日大雪，二人竟在山洞共處一宵；又想起小師妹生病，二人相別日久，各懷相思之苦，但便在此時，不知如何，林平之竟討得了她的歡心，自此之後，兩人之間隔膜日深一日；又想起那日小師妹學得師娘所授的「玉女劍十九式」後，來崖上與自己試招，自己心中酸苦，出手竟不容讓……

這許許多多念頭，都是一瞬之間在他腦海中電閃而過，便在此時，岳靈珊長劍已撩到他胸前。令狐冲腦中混亂，左手中指彈出，錚的一聲輕響，正好彈在她長劍之上。岳靈珊把捏不住，長劍脫手飛出，直射上天。

令狐冲一指彈出，暗叫一聲「糟糕！」只見岳靈珊神色苦澀，似乎勉強要笑，卻那裏笑得出來？當日令狐冲在思過崖上，便是以這麼一彈，將她寶愛的「碧水劍」彈入深谷之中，二人由此而生芥蒂，不料今日又舊事重演。這些日子來，他有時靜夜自思，早知那日所以彈去岳靈珊的長劍，其實是自己在喝林平之的醋，激情洶湧，難以克制，自不免自怨自艾。豈知今日聽得林平之的冷笑之聲，眼見岳靈珊神態立變，自己又舊病復發。當日在思過崖上，他一指已能將岳靈珊手中長劍彈脫，此刻身上內力，與其時相去不可道里計，但見那長劍直衝上天，一時竟不落下。

他心念電轉：「我本要敗在小師妹手裏，哄得她歡喜。現下我卻彈去了她的長劍，那是故意在天下英雄之前削她面子，難道我竟以這等卑鄙手段，去報答小師妹待我的情義？」一瞥之間，只見那長劍正自半空中向下射落，當即身子一晃，叫道：「好恆山劍法！」似是竭力閃避，其實卻是將身子往劍尖湊將過去，噗的一聲響，長劍從他左肩後直插了進去。令狐冲向前一撲，長劍竟將他釘在地下。

這一下變故來得突兀無比，羣雄發一聲喊，無不驚得呆了。

岳靈珊驚道：「你……大師哥……」只見一名虬髯漢子衝將上來，拔出長劍，抱起了令狐冲。令狐冲肩背上傷口中鮮血狂湧，恆山派十餘名女弟子圍了上去，競相取出傷藥，給他敷治。岳靈珊不知他生死如何，奔過去想看。劍光晃動，兩柄長劍攔住去路，一名女尼喝道：「好狠心的女子！」岳靈珊一怔，退了幾步，一時不知如何是好。

只聽得岳不羣縱聲長笑，朗聲說道：「珊兒，你以泰山、衡山、恆山三派劍法，力敗三派掌門，也算難得！」

岳靈珊長劍脫手，羣雄明明見到是給令狐冲伸指彈落，但令狐冲為她長劍所傷，卻也屬實。這一招到底是否恆山劍法，誰也說不上來。他二人以冲靈劍法相鬥之時，旁人早已看得全然摸不著頭腦，眼見這路劍法招數稚拙，全無用處，偏偏又舞得這生好看；最後這一招變生不測，誰都為這突如其來的結局所震驚，這時聽岳不羣稱讚女兒以三派劍法打敗三派掌門，想來岳靈珊這招長空落劍，定然也是恆山劍法了。雖也有人懷疑，覺得這與恆山劍法大異其趣，但沒法說得出其來龍去脈，也不便公然與岳不羣辯駁。

岳靈珊拾起地下長劍，見劍身上血跡殷然。她心中怦怦亂跳，只是想：「不知他性命如何？只要他能不死，我便……我便……」

左冷禪慢慢提起長劍，劍尖對準了他胸口。岳不羣雙手反背攏入袖中，目不轉瞬的盯住劍尖。左冷禪右手衣袖鼓了起來，猶似吃飽了風的帆篷一般。

三四　奪帥

羣豪紛紛議論聲中，一個洪亮的聲音說道：「華山一派，在岳先生精心鑽研之下，連泰山、衡山、恆山諸派劍法也都通曉，不但通曉，而且精絕，實令人讚嘆不已。這五嶽派掌門一席，若不是岳先生來擔任，普天下更選不出第二位了。」說話之人衣衫襤褸，正是丐幫解幫主。他與方證、冲虛兩人心意相同，也早料到左冷禪將五嶽劍派併而爲一，勢必不利於武林同道，遲早會惹到丐幫頭上，以彬彬君子的岳不羣出任五嶽派掌門，遠勝於野心勃勃的左冷禪。丐幫自來在江湖中潛力極強，丐幫幫主如此說，等閒之人便不敢貿然而持異議。

忽聽一人冷森森的道：「岳姑娘精通泰山、衡山、恆山三派劍法，確是難能可貴，若能以嵩山劍法勝得我手中長劍，我嵩山全派自當奉岳先生爲掌門。」說話的正是左冷禪。他說著走到場中，左手在劍鞘上一按，嗤的一聲響，長劍自劍鞘中躍出，青光閃動，長劍上騰，他右手伸處，挽住了劍柄。這一手悅目之極，而左手一按劍鞘，便能以內力逼出長劍，其內功之深，當眞罕見罕聞。嵩山門下弟子固然大聲歡呼，別派羣雄也采聲雷動。

岳靈珊道：「我……我只出一十三劍，十三劍內倘若勝不得左師伯……」

左冷禪心中大怒：「你這小女娃敢公然接我劍招，已大膽之極，居然還限定十三招。你如此說，直是將我姓左的視若無物。」冷冷的道：「倘若你十三招內取不了姓左的項上人頭，那便如何？」岳靈珊道：「我……我怎能是左師伯的對手？姪女只不過學到十三招嵩山派劍法，是爹爹親手傳我的，想在左師伯手下印證印證。」左冷禪哼了一聲。岳靈珊道：「我爹爹說，這一十三招嵩山劍法，雖是嵩山派的高明招數，但在我手下使出來，只怕一招之間，便給左師伯震飛了長劍，要再使第二招也是艱難。」左冷禪又哼了一聲，不置可否。

岳靈珊初說之時，聲音發顫，也不知是酣鬥之餘力氣不足，還是與左冷禪這樣一位武林大豪面對面說話，不禁害怕，說到此時，聲音漸漸平靜，續道：「我對爹爹說：『左師伯是嵩山派中第一高手，當然絕無疑問，但他未必是我五嶽劍派中的第一高手。他武功再高，也未必能如爹爹這樣，精通五嶽劍派的劍法。』我爹爹說道：『精通二字，談何容易？爲父的也不過粗知皮毛而已。你若不信，你初學乍練、三腳貓般的嵩山劍法，能在左師伯威震天下的嵩山劍法之前使得上三招，我就誇你是乖女兒了。』」

左冷禪冷笑道：「如你在三招之內將左某擊敗，那你更是岳先生的乖女兒了。」

岳靈珊道：「左師伯劍法通神，乃嵩山派數百年罕見的奇材，姪女剛得爹爹傳授，學得幾招嵩山劍法，如何敢有此妄想？爹爹叫我接左師伯三招，姪女卻痴心妄想，盼望能在左師伯跟前，使上一十三招嵩山派劍法，也不知是否得能如願。」

左冷禪心想：「別說一十三招，要是我讓你使上了三招，姓左的已然面目無光。」伸出左手拇指、食指、中指三根手指，握住了劍尖，右手一鬆，長劍突然彈起，劍柄在前，不住晃動，說道：「進招罷！」

左冷禪露了這手絕技，羣雄登時爲之聳動。左手使劍已極不順手，但他竟以三根手指握住劍尖，以劍柄對敵，這比之空手入白刃更要艱難十倍，以手指握住劍尖，劍刃只須稍受震盪，便割傷了自己手指，那裏還用得上力？他使出這手法，固然對岳靈珊十分輕蔑，心中卻也大爲惱怒，存心要以驚世駭俗的神功威震當場。

岳靈珊見他如此握劍，心中一寒，尋思：「他這是甚麼武功，爹爹可沒教過。」心下暗生怯意，又想：「事已如此，怕有何用？」百忙中向恆山派羣弟子瞥了一眼，見她們仍圍成一團，沒傳出哭聲，料想令狐冲受傷雖重，性命卻當無礙。當下長劍一立，舉劍過頂，彎腰躬身，使一招「萬岳朝宗」，正是嫡系正宗的嵩山劍法。

這一招含意甚爲恭敬，嵩山羣弟子都轟的一聲，頗感滿意。嵩山弟子和本派長輩拆招，必須先使此招，意思說並非敢和前輩動手，只是請你老人家指教。左冷禪微一點頭，心道：「你居然懂使此招，總算是乖覺的，看在這一招份上，我不讓你太過出醜便了。」

岳靈珊一招「萬岳朝宗」使罷，突然間劍光一吐，長劍化作一道白虹，向左冷禪直刺過來。這一招端嚴雄偉，正是嵩山劍法的精要所在，但饒是左冷禪於嵩山派劍法「內八路、外九路」，一十七路長短、快慢各路劍法盡皆通曉，卻也從來沒見過。他心頭一震：「這一招是甚麼招數？我嵩山派一十七路劍法之中，似乎沒一招比得上，這可奇了。」他不但是嵩山派的宗師，亦是當代武學大家，一見到本派這一招雄奇精奧的劍招，自要看個明白。眼見岳靈珊這一劍刺來，內力並不強勁，只須刺到自己身前數寸處，自己以手指一彈，立時可將她長劍震飛，不妨看清楚這一招的後著，是否尚有古怪變化。但見岳靈珊這一劍刺到他胸口尚有尺許，便已縮轉，一斜身，長劍圈轉，向他左肩削落。

這一劍似是嵩山劍法中的「千古人龍」，但「千古人龍」清雋過之，無其古樸；又似是「疊翠浮青」，但較之「疊翠浮青」，卻勝其輕靈而輸其雄傑；也有些像是「玉井天池」，可是「玉井天池」威儀整肅，這一招在岳靈珊這樣一個年輕女子劍下使將出來，另具一股端麗飄逸之態。

左冷禪眼光何等敏銳，對嵩山劍法又是畢生浸淫其間，每一招每一式的精粗利弊，縱是最細微曲折之處，也無不了然於胸，這時突見岳靈珊這一招中蘊藏了嵩山劍法中數大名招的長處，似乎尚能補足各招中所含破綻，不由得手心發熱，又驚奇，又歡喜，便如陡然見到從天上掉下來一件寶貝一般。

當年五嶽劍派與魔教十長老兩度會戰華山，五派好手死傷殆盡，五派劍法的許多精藝絕招，隨五派高手而逝。左冷禪會集本派殘存的耆宿，將各人所記得的劍招，不論精粗，盡數錄下，匯成一部劍譜。這數十年來，他去蕪存菁，將本派劍法中種種不夠狠辣的招數，不夠堂皇的姿式，一一修改，使得本派一十七路劍招完美無缺。他雖未創設新的劍路，卻算得是整理嵩山劍法的大功臣。此刻陡然間見到岳靈珊所使的嵩山劍法，卻是本派劍譜中所未載，而比之現有嵩山劍法的諸式劍招，顯得更爲博大精深，不由得歡喜讚嘆，看出了神。

倘若這劍法是在勁敵手下使出，比如是任我行或令狐冲，又或是方證大師、冲虛道人，左冷禪自當全神貫注的迎敵，縱見對方劍招精絕，也只有竭力應付，那有餘暇來細看敵手劍法？但岳靈珊內力低淺，殊不足畏，眞到危急關頭，隨時可以震去她的長劍，當下打起精神，潛心觀察她劍勢的法度變化。

羣雄見岳靈珊長劍飛舞，每一招都離對方身子尺許而止，似是故意容讓，又似心存畏懼，左冷禪卻呆呆不動，臉上神色忽喜忽憂，倒像是失魂落魄一般。如此比武，實是從所未見。羣雄你望望我，我瞧瞧你，都驚奇不已。

只嵩山派門下羣弟子，個個目不轉瞬的凝神觀看，生怕漏過了一招半式。岳靈珊這幾招嵩山劍法，正是從思過崖後洞石壁上學來。石壁上所刻招式共有六七十招，岳不羣細心參研後，料想其中的四十餘招左冷禪多半會使，另有數招雖然精采，卻尚不足以動其心目，只有這一十三招，倘若陡然使出，定要令他張口結舌，說甚麼也非瞧個究竟不可。石壁上所刻招式畢竟是死的，未能極盡變化，岳靈珊只依樣葫蘆的使出，但左冷禪看後，所有前招後著，自行在腦中補足，越想越覺其內含蘊蓄，無窮無盡。

岳靈珊堪堪將這一十三招使完，第十四招又從頭使起，左冷禪心念一動：「再看下去呢，還是將她長劍震飛？」這兩件事在他均輕而易舉，若要繼續觀看，岳靈珊劍招再高，畢竟也傷他不得；若要震飛她兵刃，那也只舉手之勞。可是要在這兩件事中作一抉擇，卻大費周章。霎時之間，在他心中轉過了無數念頭：「這些嵩山劍法如此奇妙，過了此刻，日後只怕再也沒機緣見到。要殺傷這小妮子容易，可是這些劍法，卻再從何處得見？我又怎能去求岳先生試演？但我如容她繼續使劍，顯得左某人奈何不了華山門下一個年輕女子，於我臉面何存？啊喲，只怕已過了一十三招！」

一想到「一十三招」這四字，領袖武林的念頭登時壓倒了鑽研武學的心意，左手三根手指一轉，手中長劍翻了上來，嗆的一聲響，與岳靈珊的長劍一撞，喀喀喀十餘聲輕響過去，岳靈珊手中只剩了一個劍柄，劍刃寸斷，折成數十截掉在地下。

岳靈珊縱身反躍，倒退數丈，朗聲道：「左師伯，姪女在你老人家跟前，已使了幾招嵩山劍法？」左冷禪閉住雙目，將岳靈珊所使的那些劍招，一招招在心中回想了一遍，睜開眼來，說道：「你使了一十三招！很好，不容易！」岳靈珊躬身行禮，道：「多承左師伯手下容情，得讓姪女在你面前班門弄斧，使了一十三招嵩山劍法。」

左冷禪以絕世神功，震斷了岳靈珊手中長劍，羣雄無不嘆服。只是岳靈珊先前有言，要在左冷禪面前施展一十三招嵩山劍招，大多數人想來，就算她能使三招，也已不易，決計沒法使到一十三招，不料左冷禪忽似心智失常，竟容她使到第十四招上，方始出手。各人心下暗自駭異，有人還想到了歪路上去，只道左冷禪是個好色之徒，見到對手是個美貌少婦，竟給她的花容玉顏迷得失了魂，否則何以顯得如此心不在焉。

嵩山派中一名瘦削老者走了出來，正是「仙鶴手」陸柏，朗聲道：「左掌門神功蓋世，衆所共見，兼且雅量高致，博大能容。這位岳大小姐學得了我嵩山派劍法一些皮毛，便在他老人家面前妄自賣弄。左掌門直等她技窮，這才一擊而將之制服。足見武學之道，貴精不貴多，不論那一門那一派的武功，只須練到登峯造極之境，皆能在武林中矯然自立……」

他說到這裏，羣雄都不禁點頭。這一番話正打中了各人心坎。這些江湖漢子除了極少數高手之外，所學的均只一派武功，陸柏說武學貴精不貴多，衆人自表贊同，這些人於這個「精」字是否能夠做到，固然難說，至於「多」，那是決計多不了的。

陸柏續道：「這位岳大小姐仗著一點小聰明，當別派同道練劍之時，暗中窺看，偷學到了一些劍法，便自稱是精通五嶽劍派的各派劍法。其實各派武功均有秘傳的師門心法，偷看到一些招式的外形，如何能說到『精通』二字？」羣雄又都點頭，均想：「偷學別派武功，原是武林大忌。這筆帳其實該當算在岳不羣頭上。」陸柏又道：「倘若一見到旁人使出幾下精妙的招式，便學了過來，自稱是精通了這一派的武功，武林中那裏還有甚麼獨門秘技、還有甚麼精妙絕招？你偷我的，我偷你的，豈不是一塌胡塗了？」

他說到這裏，羣雄中便有許多人轟笑起來。岳靈珊以衡山劍法打敗莫大先生，以恆山劍法打敗令狐冲，對方不免有容讓之意，但她以泰山劍法力敗玉磬子和玉音子，卻是眞眞實實的功夫。她所使的石壁劍招比玉磬子、玉音子所學爲精，又攻了他們個出其不意，雖仍不免有取巧之意，然劍法較精，原該得勝，所取巧者，只是假裝會使「岱宗如何」這一招而已，這事除了泰山派中少數高手之外，誰也不知。可是羣雄不願見到旁人通曉各派武功，人同此心，陸柏這麼一說，登時便有許多人隨聲附和，倒不僅以嵩山弟子為然。

陸柏見一番話博得衆人讚賞，神情極是得意，提高了嗓子說道：「所以哪，這五嶽派掌門一席，實非左掌門莫屬。也由此可知，一家之學而練到爐火純青的境地，那可比貪多嚼不爛的大雜會高明得多了。」他這幾句話，直是明指岳不羣而言。嵩山派中便有數十名青年弟子跟著叫好起鬨。陸柏道：「五嶽劍派之中，若有誰自信武功勝得了左掌門的，便請出來，一顯身手。」他接連說了兩遍，沒人接腔。

本來桃谷六仙必定會出來胡說八道一番，但此時盈盈正急於救治令狐冲，無暇指點桃谷六仙去跟嵩山派搗蛋。桃根仙等六人面面相覷，一時拿不定主意該如何才好。

「托塔手」丁勉大聲道：「既然無人向左掌門挑戰，左掌門衆望所歸，便請出任我五嶽派的掌門人。」左冷禪假意謙遜，說道：「五嶽派中人才濟濟，在下無德無能，可不敢當此重任。」嵩山派第六太保湯英鶚朗聲道：「五嶽派掌門一席，位高任重，務請左掌門勉為其難，為五嶽派門下千餘弟子造福，也為江湖同道盡力。請左掌門登壇！」

只聽得鑼鼓之聲大作，爆竹又連串響起，都是嵩山弟子早就預備好了的。

爆竹噼啪聲中，嵩山派衆弟子以及左冷禪邀來助陣壯威的朋友齊聲吶喊：「請左掌門登台，請左掌門登台！」

左冷禪縱起身子，輕飄飄落上封禪台。他身穿杏黃色布袍，其時夕陽即將下山，日光斜照，映射其身，顯得金光燦爛，大增堂皇氣象。他抱拳轉身，向台下衆人作了個四方揖，說道：「旣承衆位朋友推愛，在下倘若再不答允，出任艱巨，倒顯得過於保身自愛，不肯爲武林同道盡力了。」嵩山門下數百人歡聲雷動，大力鼓掌。

忽聽得一個女子聲音說道：「左師伯，你震斷了我的長劍，就這樣，便算是五嶽派的掌門人嗎？」說話的正是岳靈珊。

左冷禪道：「天下英雄在此，大家原說好比劍奪帥。岳小姐如能震斷我手中長劍，則大夥兒奉岳小姐爲五嶽派掌門，亦無不可。」

岳靈珊道：「要勝過左師伯，姪女自然無此能耐，但咱們五嶽派之中，武功勝過左師伯的，未必就沒有了。」

左冷禪在五嶽派諸人之中，眞正忌憚的只令狐冲一人，眼見他與岳靈珊比劍而身受重傷，心頭早就放下一塊大石，這時聽岳靈珊如此說，便道：「以岳小姐之見，五嶽派中武功劍法勝過在下的，是令尊呢、令堂呢，還是尊夫？」嵩山羣弟子又都轟笑起來。

岳靈珊道：「我夫君是後輩，比之左師伯不免要遜一籌。我媽媽的劍法自可與左師伯旗鼓相當。至於我爹爹，想來比左師伯要稍爲高明一點。」

嵩山羣弟子怪聲大作，有的猛吹口哨，有的頓足擂地。

左冷禪對著岳不羣道：「岳先生，令愛對閣下的武功，倒推許得很呢。」

岳不羣道：「小女孩兒口沒遮攔，左兄不必當眞。在下的武功劍法，比之少林派方證大師、武當派冲虛道長，以及丐幫解幫主諸位前輩英雄，那可望塵莫及。」左冷禪臉上登時變色。岳不羣提到方證大師等三人，偏就不提左冷禪的名字，人人都聽了出來，那顯是自承比他高明。

丁勉道：「比之左掌門卻又如何？」岳不羣道：「在下和左兄神交多年，相互推重。嵩山華山兩派劍法，各擅勝場，數百年來從未分過高下。丁兄這一句話，在下可難答得很了。」丁勉道：「聽岳先生的口氣，倒似乎自以爲比左掌門強著些兒？」

岳不羣道：「子曰：『君子無所爭，必也，射乎？』較量武功高低，自古賢者所難免，在下久盼向左師兄討教。只是今日五嶽派新建，掌門人尚未推出，在下倘若和左師兄比劍，倒似是來爭做這五嶽派掌門一般，那不免惹人閒話了。」左冷禪道：「岳兄只消勝得在下手中長劍，五嶽派掌門一席，自當由岳兄承當。」岳不羣搖手道：「武功高的，未必人品見識也高。在下就算勝得了左兄，也不見得能勝過五嶽派中其餘高手。」他口中說得謙遜，但每一句話扣得極緊，始終顯得自己比左冷禪高上一籌。

左冷禪越聽越怒，冷冷的道：「岳兄『君子劍』三字，名震天下。『君子』二字，人所共仰。這個『劍』字到底如何，卻是耳聞者多，目睹者少。今日天下英雄畢集，便請岳兄露一手高明劍法，也好讓大夥兒開開眼界！」

許多人都大叫起來：「到台上去打，到台上去打。」「光說不練，算甚麼英雄好漢？」「上台比劍，分個強弱，自吹自擂有甚麼用？」

岳不羣雙手負在背後，默不作聲，臉上神情肅穆，眉間微有憂意。

左冷禪在籌謀合併五嶽劍派之時，於四派中高手的武功根柢，早已了然於胸，自信四派中無一能勝得過自己，這才不遺餘力的推動其事。否則若有人武功強過於他，那麼五嶽劍派合併之後，掌門人一席反爲旁人奪去，豈不是徒然爲人作嫁？岳不羣劍法高明，修習「紫霞神功」造詣已頗不低，那是他所素知。他慫恿封不平、成不憂等劍宗好手上華山明爭，又遣十餘異派好手赴藥王廟伏擊，雖所謀不成，卻已摸清了岳不羣武功的底細。待得在少林寺中親眼見到他與令狐冲相鬥，更大爲放心，他劍法雖精，畢竟非自己敵手，岳不羣腳踢令狐冲，反震斷自己右腿，則內功修爲亦不過爾爾。只是令狐冲一個後生小子突然劍法大進，卻始料所不及，然總不能爲了顧忌這無行浪子，就此放棄這籌劃了十數年的大計，何況令狐冲所長者只是劍術，拳腳功夫平庸之極，當眞比武動手，劍招倘若不勝，大可同時再出拳掌，便立時能取他性命，待見令狐冲甘願傷在岳靈珊劍底，天下事便無足慮。

左冷禪這時聽得岳不羣父女倆口出大言，心想：「你不知如何學到了五嶽劍派一些失傳的絕招，便狂妄自大起來。你若在和我動手之際，突然之間使將出來，倒可嚇人一跳，可是偏偏行錯了一著棋，叫你女兒先使，我既已有備，復有何用？」又想：「此人極工心計，須得當著羣豪之前打得他從此抬不起頭來，否則此人留在我五嶽派中，必有後患。」說道：「岳兄，天下英雄都請你上台，一顯身手，怎地不給人家面子？」

岳不羣道：「左兄既如此說，在下恭敬不如從命。」當下一步一步的拾級上台。

羣雄見有好戲可看，都鼓掌叫好。

岳不羣拱手道：「左兄，你我今日已份屬同門，咱們切磋武藝，點到爲止，如何？」

左冷禪道：「兄弟自當小心，盡力不要傷到了岳兄。」

嵩山派衆門人叫了起來：「還沒打就先討饒，不如不用打了。」「刀劍不生眼睛，一動上手，誰保得了你不死不傷？」「倘若害怕，趁早乖乖的服輸下台，也還來得及。」

岳不羣微微一笑，朗聲道：「刀劍不生眼睛，一動上手，難免死傷，這話不錯。」轉頭向華山派羣弟子道：「華山門下衆人聽著：我和左師兄是切磋武藝，絕無仇怨，倘若左師兄失手殺了我，或者打得我身受重傷，乃激鬥之際各盡全力，不易拿捏分寸，大夥兒不可對左師伯懷恨，更不可與嵩山門下尋仇生事，壞了我五嶽派同門的義氣。」岳靈珊等都高聲答應。

左冷禪聽他如此說，倒頗出於意料之外，說道：「岳兄深明大義，以本派義氣爲重，那好得很啊。」

岳不羣微笑道：「我五派合併爲一，那是十分艱難的大事。倘若因我二人論劍較技，傷了和氣，五嶽派同門大起紛爭，那可和併派的原意背道而馳了。」

左冷禪道：「不錯！」心想：「此人已生怯意，我正可乘勢一舉而將其制服。」高手比武，內勁外招固然重要，而勝敗之分，往往只在一時氣勢之盛衰，左冷禪見他示弱，心下暗暗歡喜，唰的一聲響，抽出了長劍。這一下長劍出鞘，竟然聲震山谷。原來他潛運內力，長劍出鞘之時，劍刃與劍鞘內壁不住相撞，震盪而發巨聲。不明其理之人無不駭異。嵩山門人又大聲喝采。

岳不羣將長劍連劍鞘從腰間解下，放在封禪台一角，這才慢慢將劍抽出。單從二人拔劍的聲勢姿式看來，這場比劍可說高下已分。

令狐冲給長劍插入肩胛，自背直透至前胸，受傷自是極重。盈盈看得分明，心急之下，顧不得掩飾自己身分，搶過去拔起長劍，將他抱起。恆山派衆女弟子紛紛圍了上來。儀和取出「白雲熊膽丸」，手忙腳亂的倒出五六顆丸藥，餵入令狐冲口裏。盈盈早已伸指點了他前胸後背傷口四周的穴道，止住鮮血迸流。儀清和鄭萼分別以「天香斷續膠」搽在他傷口上。掌門人受傷，羣弟子那裏會有絲毫吝惜？敷藥唯恐不多，將千金難買的靈藥，當作石灰爛泥一般，厚厚的塗上他傷口。

令狐冲受傷雖重，神智仍然清醒，見盈盈和恆山弟子情急關切，登感歉仄：「爲了哄小師妹一笑，卻累得盈盈和恆山衆師姊妹如此擔驚受怕。」當下強露笑容，說道：「不知怎地，一個不小心，竟讓……竟讓這劍給傷了。不……不要緊的，不用……」

盈盈道：「別作聲。」她雖儘量放粗了喉嚨，畢竟女音難掩。恆山弟子聽得這個虬髯漢子話聲嬌嫩，均感詫異。

令狐冲道：「我……我瞧瞧……」儀淸應道：「是。」將擋在他身前的兩名師妹拉開，讓他觀看岳靈珊與左冷禪比劍。此後岳靈珊施展嵩山劍法，左冷禪震斷她劍刃，以及左冷禪與岳不羣同上封禪台，他都模模糊糊的看在眼裏。

岳不羣長劍指地，轉過身來，臉露微笑，與左冷禪相距約有二丈。

其時羣雄盡皆屏息凝氣，一時嵩山絕頂之上，寂靜無聲。

令狐冲卻隱隱聽到一個極低的聲音在誦唸經文：

「若惡獸圍繞，利牙爪可怖，念彼觀音力，疾去無邊方。蚖蛇及蝮蝎，氣毒煙火燃，念彼觀音力，尋聲自迴去。雲雷鼓掣電，降雹澍大雨，念彼觀音力，應時得消散。衆生被困厄，無量苦逼身，觀音妙智力，解救世間苦……」

令狐冲聽到唸經聲中所充滿的虔誠和熱切之情，便知是儀琳又在爲自己向觀世音祈禱，求懇這位救苦救難的菩薩解除自己的苦楚。許多日子以前，在衡山城郊，儀琳曾爲他誦唸這篇經文。這時他並未轉頭去看，但當時儀琳那含情脈脈的眼光，溫雅秀美的容貌，此刻又淸淸楚楚的出現在眼前。他心中湧起一片柔情：「不但是盈盈，還有這儀琳小師妹，都將我看得比自己性命還重。我縱然粉身碎骨，也難報答深恩。」

左冷禪見岳不羣橫劍當胸，左手捏了個劍訣，似是執筆寫字一般，知道這招華山劍法「詩劍會友」，是華山派與同道友好過招時所使的起手式，意思說，文人交友，聯句和詩，武人交友則是切磋武藝。使這一招，是表明和對手絕無怨仇敵意，不可性命相搏。左冷禪嘴角邊也現出一絲微笑，說道：「不必客氣。」心想：「岳不羣號稱君子，我看還是僞君子的成份較重。他對我不露絲毫敵意，未必眞是好心，一來是心中害怕，二來是叫我去了戒懼之意，他便可突下殺手，打我個措手不及。」他左手向外一分，右手長劍向右掠出，使的是嵩山派劍法「開門見山」。他使這一招，意思說要打便打，不用假惺惺的裝腔作勢，那也含有諷刺對方是僞君子之意。

岳不羣吸一口氣，長劍中宮直進，劍尖不住顫動，劍到中途，忽然轉而向上，乃華山劍法的一招「青山隱隱」，端的是若有若無，變幻無方。

左冷禪一劍自上而下的直劈下去，眞有石破天驚的氣勢。旁觀羣豪中不少人都「咦」的一聲，叫了出來。本來嵩山劍法中並沒這一招，左冷禪是借用了拳腳中的一個招式，以劍爲拳，突然使出。這一招「獨劈華山」甚是尋常，凡學過拳腳的無不通曉。

五嶽劍派數百年聲氣互通，嵩山劍法中別說並無此招，就算本來就有，礙在華山派的名字，也當捨棄不用，或是變換其形。此刻左冷禪卻有意化成劍招，自是存心要激怒岳不羣。嵩山劍法原以氣勢雄偉見長，這招「獨劈華山」招式雖平平無奇，但呼的一聲響，從空中疾劈而下，確有開山裂石之勢，將嵩山劍法之所長發揮得淋漓盡致。

岳不羣側身閃過，斜刺一劍，還的是一招「古柏森森」。左冷禪見他法度嚴謹，不求有功，但求無過，正是久戰長鬥之策，對自己「開門見山」與「獨劈華山」這兩招中的含意，絕未顯出惱怒，心想此人確是勁敵，我若再輕視於他，亂使新招，別讓他佔了先機，當下長劍自左而右急削過去，正是一招嵩山派正宗劍法「天外玉龍」。

嵩山羣弟子都學過這一招，可是有誰能使得這等奔騰矯夭，氣勢雄渾？但見他長劍自半空中橫過，劍身似曲似直，時彎時進，長劍便如一件活物一般，登時采聲大作。

別派羣雄來到嵩山之後，見嵩山派門人又打鑼鼓，又放爆竹，左冷禪不論說甚麼話，都鼓掌喝采，羣相附和，人人心中均不免有厭惡之情。但此刻聽到嵩山弟子大聲喝采，卻覺實是理所當然，將自己心意也喝了出來。左冷禪這一招「天外玉龍」，將一柄死劍使得如靈蛇，如神龍，不論是使劍或使別種兵刃的，無不讚嘆。泰山、衡山等派中的名宿高手一見此招，都不禁暗自慶幸：「幸虧此刻在封禪台上和他對敵的，是岳不羣而不是我！」

只見左岳二人各使本派劍法，鬥在一起。嵩山劍氣象森嚴，便似千軍萬馬奔馳而來，長槍大戟，黃沙千里；華山劍輕靈機巧，恰如春日雙燕飛舞柳間，高低左右，迴轉如意。岳不羣一時雖未露敗象，但封禪台上劍氣縱橫，嵩山劍法佔了八成攻勢。岳不羣的長劍儘量不與對方兵刃相交，只閃避遊鬥，眼見他劍法雖然精奇，但單仗一個「巧」字，終究非嵩山劍法堂堂之陣、正正之師的敵手。

似他二人這等武學宗師，比劍之時自無一定理路可循。左冷禪將一十七路嵩山劍法夾雜在一起使用。岳不羣所用劍法較少，但華山劍法素以變化繁複見長，招數亦自層出不窮。再拆了二十餘招，左冷禪忽地右手長劍一舉，左掌猛擊而出，這一掌籠罩了對方上盤三十六處要穴，岳不羣倘若閃避，立時便受劍傷。只見他臉上紫氣大盛，也伸出左掌，與左冷禪擊來的一掌相對，砰的一聲響，雙掌相交。岳不羣身子飄開，左冷禪卻端立不動。岳不羣叫道：「這掌法是嵩山派武功嗎？」

令狐冲見他二人對掌，「啊」的一聲，叫了出來，極是關切。他知左冷禪的陰寒內力厲害無比，以任我行內功之深厚，中了他內力之後，發作時情勢仍極凶險，竟使得四人都變成了雪人。岳不羣雖久練氣功，終究不及任我行，只要再對數掌，就算不致當場凍僵，也定然抵受不住。

左冷禪笑道：「這是在下自創的掌法，將來要在五嶽派中選擇弟子，量才傳授。」岳不羣道：「原來如此，那可要向左兄多討教幾招。」左冷禪道：「甚好。」心想：「他華山派的『紫霞神功』倒也了得，接了我的『寒冰神掌』之後，居然說話聲音並不顫抖。」當下舞動長劍，向岳不羣刺去。岳不羣仗劍封住，數招之後，砰的一聲，又雙掌相交。岳不羣長劍圈轉，向左冷禪腰間削去。左冷禪豎劍擋開，左掌加運內勁，向他背心直擊而下，這一掌居高臨下，勢道奇勁。岳不羣反轉左掌一托，啪的一聲輕響，雙掌第三次相交。岳不羣矮著身子，向外飛躍出去。

左冷禪左手掌心中但覺一陣疼痛，舉手看時，只見掌心中已刺了個小孔，隱隱有黑血滲出。他又驚又怒，罵道：「好奸賊，不要臉！」心想岳不羣在掌中暗藏毒針，冷不防在自己掌心中刺了一針，滲出的鮮血既現黑色，自是針上餵毒，想不到此人號稱「君子劍」，行事卻如此卑鄙。他吸一口氣，右手伸指在自己左肩上點了三點，不讓毒血上行，心道：「這區區毒針，豈能奈何得了我？只是此刻須當速戰，可不能讓他拖延時刻了。」當下長劍如疾風驟雨般攻了過去。岳不羣揮劍還擊，劍招也變得極爲狠辣猛惡。

這時候暮色蒼茫，封禪台上二人鬥劍不再是較量高下，竟是性命相搏，台下人人都瞧了出來。方證大師說道：「善哉，善哉！怎地突然之間戾氣大作？」

數十招過去，左冷禪見對方封得嚴密，躭心自己掌中毒質上行，劍力越運越勁。岳不羣左支右絀，似是抵擋不住，突然間劍法一變，劍刃忽伸忽縮，招式詭奇絕倫。

台下羣雄大感詫異，紛紛低聲相詢：「這是甚麼劍法？」問者儘管問，答者卻無言可對，只是搖頭。

令狐冲倚在盈盈身上，突然見到師父使出的劍法既快又奇，與華山劍法大相逕庭，甚感詫異，一轉眼間，卻見左冷禪劍法一變，所使劍招的路子與師父竟極爲相似。

二人攻守趨避，配合得天衣無縫，便如同門師兄弟數十年來同習一套劍法，這時相互在拆招一般。二十餘招過去，左冷禪著著進逼，岳不羣不住倒退。令狐冲最善於查察旁人武功中的破綻，見師父劍招中的漏洞越來越大，情勢越來越險，不由得大爲焦急。

眼見左冷禪勝勢已定，嵩山派羣弟子大聲吶喊助威。左冷禪一劍快似一劍，見對方劍法散亂，十招之內便可將他手中兵刃擊飛，不禁暗喜，手上更連連催勁。果然他一劍橫削，岳不羣舉劍擋格，手上勁力頗爲微弱，左冷禪迴劍疾撩，岳不羣把揑不住，長劍直飛上天。嵩山派弟子歡聲雷動。

驀地裏岳不羣空手猱身而上，雙手擒拿點拍，攻勢凌厲之極。他身形飄忽，有如鬼魅，轉了幾轉，移步向西，出手之奇之快，直是匪夷所思。左冷禪大駭，叫道：「這……這……這……」奮劍招架。岳不羣的長劍落了下來，插在台上，誰都沒加理會。

盈盈低聲道：「東方不敗！」令狐冲心中念頭相同，此時師父所使的，正是當日東方不敗手持繡花針和他四人相鬥的功夫。他驚奇之下，竟忘了傷處劇痛，站起身來。旁邊一隻纖纖小手伸了過來，托在他腋下，他全然不覺；一雙妙目怔怔的瞧著他，他也茫無所知。

這時嵩山絕頂之上，數千對眼睛，只有一雙眼睛才不瞧左岳二人相鬥。自始至終，儀琳的眼光未有片刻離開過令狐冲身子。

猛聽得左冷禪一聲長叫，岳不羣倒縱出去，站在封禪台的西南角，離台邊不到一尺，身子搖晃，似乎便要摔下台去。左冷禪右手舞動長劍，越使越急，使的盡是嵩山劍法，一招接一招，護住了全身前後左右的要穴。但見他劍法精奇，勁力威猛，每一招都激得風聲虎虎，許多人都喝起采來。

過了片刻，見左冷禪始終只是自行舞劍，並不向岳不羣進攻，情形似乎有些不對。他的劍招只是守禦，絕非向岳不羣攻擊半招，如此使劍，倒似是獨自練功一般，又怎是應付勁敵的打法？突然之間，左冷禪一劍刺出，停在半空，不再收回，微微側頭，似在傾聽甚麼奇怪的聲音。只見他雙眼中流下兩道極細的血線，橫過面頰，直掛到下頦。

人叢中有人說道：「他眼睛瞎了！」

這一聲說得並不甚響，左冷禪卻大怒起來，叫道：「我沒瞎，我沒瞎！那一個狗賊說我瞎了？岳不羣你這奸賊，有種的，就過來和你爺爺再戰三百回合。」他越叫越響，聲音中充滿了憤怒、痛楚和絕望，便似是一頭猛獸受了致命重傷，臨死時全力嗥叫。

岳不羣站在台角，只是微笑。

人人都看了出來，左冷禪確是雙眼給岳不羣刺瞎了，自是盡皆驚異無比。

只令狐冲和盈盈，才對如此結局不感詫異。岳不羣長劍脫手，此後所使的招術，便和東方不敗的武功大同小異。那日在黑木崖上，任我行、令狐冲、向問天、上官雲四人聯手和東方不敗相鬥，尚且不敵，盡皆中針受傷，直到盈盈轉而攻擊楊蓮亭，這才僥倖得手，饒是如此，任我行終究還是給刺瞎了一隻眼睛，當時生死所差，只在一線。岳不羣身形之飄忽迅捷，比之東方不敗雖頗不如，但料到單打獨鬥，左冷禪非輸不可，果然過不多時，他雙目便爲細針刺瞎。

令狐冲見師父得勝，心下並不喜悅，反突然感到說不出的害怕。岳不羣性子溫和，待他向來親切，他自小對師父摯愛實勝於敬畏。後來師父將他逐出門牆，他也深知自己行事乖張任性，浮滑胡鬧，確屬罪有應得，只盼能得師父師娘寬恕，從未生過半分怨懟之意。但這時見到師父大袖飄飄的站在封禪台邊，神態儒雅瀟洒，不知如何，心中竟生起了強烈的憎恨。或許由於岳不羣所使的武功，令他想到了東方不敗的怪模怪樣，也或許他覺得師父勝得殊不光明正大，他呆了片刻，傷口一陣劇痛，便即頹然坐倒。

盈盈和儀琳同時伸手扶住，齊問：「怎樣？」令狐冲搖了搖頭，勉強露出微笑，道：「沒……沒甚麼。」
只聽得左冷禪又在叫喊：「岳不羣，你這奸賊，有種的便過來決一死戰，躲躲閃閃的，眞是無恥小人！你……你過來，過來再打！」
嵩山派中湯英鶚說道：「你們去扶師父下來。」
兩名大弟子史登達和狄修應道：「是！」飛身上台，說道：「師父，咱們下去罷！」
左冷禪叫道：「岳不羣，你不敢來嗎？」
史登達伸手去扶，說道：「師……」突然間寒光一閃，左冷禪長劍一劍從史登達左肩直劈到右腰，跟著劍光帶過，狄修已齊胸而斷。這兩劍勢道之凌厲，端的是匪夷所思，只如閃電般一亮，兩名嵩山派大弟子已遭斬成四截。
台下羣雄齊聲驚呼，盡皆駭然。
岳不羣緩步走到台中，說道：「左兄，你已成殘廢，我也不會來跟你一般見識。到了此刻，你還想跟我爭這五嶽派掌門嗎？」
左冷禪慢慢提起長劍，劍尖對準了他胸口。岳不羣手中並無兵器，他那柄長劍從空中落下後，兀自插在台上，在風中微微晃動。岳不羣雙手攏在大袖之中，目不轉瞬的盯住胸口三尺外的劍尖。劍尖上的鮮血一滴滴的掉在地下，發出輕輕的嗒嗒聲響。左冷禪右手衣袖鼓了起來，猶似吃飽了風的帆篷一般，左手衣袖平垂，與尋常無異，足見他全身勁力都集中到右臂之上，內力鼓盪，連衣袖都欲脹裂，直是非同小可。這一劍之出，自是雷霆萬鈞之勢。

突然之間，白影急晃，岳不羣向後滑出丈餘，立時又回到了原地，一退一進，竟如常人一霎眼那麼迅捷。他站立片刻，又向左後方滑出丈餘，跟著快迅無倫的回到原處，以胸口對著左冷禪的劍尖。人人都看得清楚，左冷禪這乾坤一擲的猛擊，不論如何厲害，終究不能及於岳不羣之身。

左冷禪心中無數念頭紛至沓來，這一劍若不能刺入岳不羣胸口，只要給他閃避了過去，自己雙眼已盲，便只有任其宰割的份兒，想到自己花了無數心血，籌劃五派合併，料不到最後霸業爲空，功敗垂成，反中暗算，突然間心中一酸，熱血上湧，哇的一聲，一口鮮血直噴出來。

岳不羣微一側身，早避在一旁，臉上忍不住露出笑容。

左冷禪右手一抖，長劍自中而斷，隨即拋下斷劍，仰天哈哈大笑，笑聲遠遠傳了出去，山谷爲之鳴響。長笑聲中，他轉過身來，大踏步下台，走到台邊時左腳踏空，但心中早就有備，右足踢出，飛身下台。

嵩山派幾名弟子搶過去，齊叫：「師父，咱們一齊動手，將華山派上下斬爲肉泥。」

左冷禪朗聲道：「大丈夫言而有信！既說是比劍奪帥，各憑本身武功爭勝，岳先生武功遠勝左某，大夥兒自當奉他爲掌門，豈可更有異言？」

他雙目初盲之時，驚怒交集，不由得破口大罵，但略一寧定，便即恢復了武學大宗師的身分氣派。羣雄見他拿得起，放得下，的是一代豪雄，無不佩服。否則以嵩山派人數之衆，所約幫手之盛，又佔了地利，若與華山派羣毆亂鬥，岳不羣武功再高，也難抵敵。

五嶽劍派和來到嵩山看熱鬧的人羣之中，自有不少趨炎附勢之徒，聽左冷禪這麼說，登時大聲歡呼：「岳先生當五嶽派掌門，岳先生當五嶽派掌門！」華山門下弟子自是叫喊得更加起勁，只是這變故太過出於意料之外，華山門人實難相信眼前所見乃是事實。

岳不羣走到台邊，拱手說道：「在下與左師兄比武較藝，原盼點到爲止。但左師兄武功太高，震去了在下手中長劍，危急之際，在下但求自保，下手失了分寸，以致左師兄雙目受損，在下心中好生不安。咱們當尋訪名醫，爲左師兄治療復明。」

台下有人說道：「刀劍不生眼睛，那能保得絕無損傷。」另一人道：「閣下沒趕盡殺絕，足見仁義。」岳不羣道：「不敢！」他拱手不語，也無下台之意。台下有人叫道：「那一個想做五嶽派掌門，上台去較量啊。」另一人道：「那一個招子太亮，上台去請岳先生剜了出來，也無不可。」數百人齊聲叫道：「岳先生當五嶽派掌門，岳先生當五嶽派掌門！」

岳不羣待人聲稍靜，朗聲說道：「既是衆位抬愛，在下也不敢推辭。五嶽派今日新創，百廢待舉，在下只能總領其事。衡山的事務仍請莫大先生主持。恆山事務仍由令狐冲賢弟主持。泰山事務請玉磬、玉音兩位道長，再會同天門師兄的門人建除道長，三人共同主持。嵩山派的事務嘛，左師兄眼睛不便，卻須斟酌……」

岳不羣頓了一頓，眼光向嵩山派人羣中射去，緩緩說道：「依在下之見，暫時請丁勉丁師兄、陸柏陸師兄、湯英鶚湯師兄，會同左師兄，四位一同主理日常事務。」陸柏大出意料之外，說道：「這個……這個……」嵩山門人與別派人衆也都甚爲詫異。丁勉長期來做左冷禪的副手，湯英鶚近年來甚得左冷禪信任，那也罷了，陸柏適才一直出言與岳不羣爲難，冷嘲熱諷，甚是無禮，不料岳不羣居然不計前嫌，指定他會同主領嵩山派的事務。嵩山派門人本來對左冷禪雙目遭刺一事極爲忿忿，許多人正欲俟機生事，但聽岳不羣派丁勉、陸柏、湯英鶚、左冷禪四人料理嵩山事務，然則嵩山派一如原狀，岳不羣不來強加干預，登時氣憤稍平。

岳不羣道：「咱們五嶽劍派今日合派，若不和衷同濟，那麼五派合併云云，也只有虛名而已。大家今後都份屬同門，再也休分彼此。在下無德無能，暫且執掌本門門戶，種種興革，還須和衆位兄弟從長計議，在下不敢自專。現下天色已晚，各位都辛苦了，便請到嵩山本院休息，喝酒用飯！」羣雄齊聲歡呼，紛紛奔下峯去。

岳不羣下得台來，方證大師、冲虛道人等都過來向他道賀。方證和冲虛本來躭心左冷禪混一五嶽派後，野心不息，更欲吞併少林、武當，爲禍武林。各人素知岳不羣乃謙謙君子，由他執掌五嶽一派門戶，自大爲放心，因之各人的道賀之意均甚誠懇。

方證大師低聲道：「岳先生，此刻嵩山門下，只怕頗有人心懷叵測，欲對施主不利。常言道得好，害人之心不可有，防人之心不可無。施主身在嵩山，可須小心在意。」岳不羣道：「是，多謝方丈大師指點。」方證道：「少室山與此相距只咫尺之間，呼應極易。」岳不羣深深一揖，道：「大師美意，岳某銘感五中。」

他又向冲虛道人、丐幫解幫主等說了幾句話，快步走到令狐冲跟前，問道：「冲兒，你的傷不礙事麼？」自從他將令狐冲逐出華山以來，這是第一次如此和顏悅色叫他「冲兒」。令狐冲卻心中一寒，顫聲道：「不……不打緊。」岳不羣道：「你便隨我同去華山養傷，和你師娘聚聚如何？」岳不羣如在幾個時辰前提出此事，令狐冲自是大喜若狂，答應之不暇，但此刻竟大爲躊躇，頗有些怕上華山。岳不羣道：「怎麼樣？」令狐冲道：「恆山派的金創藥好，弟子……弟子傷勢痊愈後，再來拜見師父、師娘。」

岳不羣側頭凝視他臉，似要查察他眞正心意，過了好一會，才道：「那也好！你安心養傷，盼你早來華山。」令狐冲道：「是！」掙扎著想站起來行禮。岳不羣伸手扶住他右臂，溫言道：「不用啦！」令狐冲身子一縮，臉上不自禁的露出了懼意。

岳不羣哼的一聲，眉間閃過一陣怒色，但隨即微笑，嘆道：「你小師妹還是跟從前一樣，出手不知輕重，總算沒傷到你要害！」跟著和儀和、儀清等恆山派二大弟子點頭招呼，這才慢慢轉過身去。

數丈外有數百人等著，待岳不羣走近，紛紛圍攏，大讚他武功高強，爲人仁義，處事得體，一片諂諛奉承聲中，簇擁著下峯。

令狐冲目送著師父的背影在山峯邊消失，各派人衆也都走下峯去，忽聽得背後一個女子聲音恨恨的道：「僞君子！」

令狐冲身子一晃，傷處劇烈疼痛，這「僞君子」三字，便如是一個大鐵椎般，在他當胸重重一擊，霎時之間，他幾乎氣也喘不過來。

月色如水，瀉在一條既寬且直的官道上，輕煙薄霧，籠罩在道旁樹梢，野花香氣忽濃忽淡，微風拂面。令狐冲久未飲酒，此刻情懷，卻如微醺薄醉一般。

三五　復仇

天色漸黑，嵩山封禪台旁除恆山派外已無旁人。儀和問道：「掌門師兄，咱們也下去嗎？」她仍叫令狐冲「掌門師兄」，顯是既不承認五派合併，更不承認岳不羣是本派掌門。令狐冲道：「咱們便在這裏過夜，好不好？」只覺和岳不羣離開得越遠越好，實不願再到嵩山本院和他見面。

他此言一出，恆山派許多女弟子都歡呼起來，人同此心，誰都不願下去。當日在福州城中，她們得悉師長有難，危急中求華山派援手，岳不羣不顧「五嶽劍派，同氣連枝」之義，冷然拒絕，恆山弟子對此一直耿耿於懷。今日令狐冲又爲岳靈珊所傷，自是人人氣憤，待見岳不羣奪得了五嶽派掌門之位，各人均感不服，在這封禪台旁露宿一宵，倒也耳目清淨。

儀清道：「掌門師兄不宜多動，在這裏靜養最好。只這位大哥……」說時眼望盈盈。

令狐冲笑道：「這位不是大哥，是任大小姐。」盈盈一直扶著令狐冲，聽他突然洩露自己身分，不由得大羞，忙抽身站起，逃出數步。令狐冲不防，身子向後仰跌。儀琳站在他身旁，伸手托住他左肩，叫道：「小心了！」

儀和、儀清等早知盈盈和令狐冲戀情深摯，非比尋常。一個爲情郎少林寺捨命，一個爲她率領江湖豪士攻打少林寺。令狐冲就任恆山派掌門人，這位任大小姐又親來道賀，擊破了魔教的奸謀，可說大有惠於恆山派，聽得眼前這個虬髯大漢竟便是任大小姐，都不禁驚喜交集。恆山衆弟子心目中早就將這位任大小姐當作是未來的掌門夫人，相見之下，甚爲親熱。當下儀和等取出乾糧、淸水，分別吃了，衆人便在封禪台旁和衣而臥。

令狐冲重傷之餘，神困力竭，不久便即沉沉睡去。睡到中夜，忽聽得遠處有女子聲音喝問：「甚麼人？」令狐冲雖受重傷，但內力深厚，一聽之下，便即醒轉，知是巡查守夜的恆山弟子盤問來人。聽得有人答道：「五嶽派同門，掌門人岳先生座下弟子林平之。」守夜的恆山弟子問道：「夤夜來此，爲了何事？」林平之道：「在下約得有人在封禪台下相會，不知衆位師姊在此休息，多有得罪。」言語甚爲有禮。

便在這時，一個蒼老的聲音從西首傳來：「姓林的小子，你在這裏伏下五嶽派同門，想倚多爲勝，找老道的麻煩嗎？」令狐冲認出是青城派掌門余滄海，微微一驚：

「林師弟與余滄海有殺父殺母的大仇，約他來此，當是索還這筆血債了。」

林平之道：「恆山衆師姊在此歇宿，我事先並不知情。咱們另覓處所了斷，免得騷擾了旁人淸夢。」余滄海哈哈大笑，說道：「免得騷擾旁人淸夢？嘿嘿，你擾都擾了，卻在這裏裝濫好人。有這樣的岳父，便有這樣的女婿。你有甚麼話，爽爽快快的說了，大家好安穩睡覺。」林平之冷冷的道：「要安穩睡覺，你這一生是別妄想了。你青城派來到嵩山的，連你共有三十四人。我約你一齊前來相會，幹麼只來了三個？」

余滄海仰天大笑，說道：「你是甚麼東西？也配叫我這樣那樣麼？你岳父新任五嶽派掌門，我是瞧在他臉上，才來聽你有甚麼話說。你有甚麼屁，趕快就放。要動手打架，那便亮劍，讓我瞧瞧你林家的辟邪劍法，到底有甚麼長進。」

令狐冲慢慢坐起，月光之下，只見林平之和余滄海相對而立，相距約有三丈。令狐冲心想：「那日我在衡山負傷，這余矮子想一掌將我擊死，幸得林師弟仗義，挺身而出，這才救了我一命。倘若當日余矮子一掌打在我身上，令狐冲焉有今日？林師弟入我華山門下之後，武功大有進境，但與余矮子相比，畢竟尚有不逮。他約余矮子來此，想必師父、師娘定在後相援。但若師父師娘不來，我自也不能袖手不理。」

余滄海冷笑道：「你如有種，便該自行上我青城山來尋仇，卻鬼鬼祟祟的約我到這裏來，又在這裏伏下一批尼姑，好一齊向老道下手，可笑啊可笑！」

儀和聽到這裏，再也忍耐不住，朗聲說道：「姓林的小子跟你有恩有仇，和我們恆山派有甚相干？你這矮子便會胡說八道。你們儘可拚個你死我活，咱們只瞧熱鬧。你心中害怕，可不用將恆山派拉扯在一起。」她對岳靈珊大大不滿。愛屋及烏，恨屋也及烏，連帶將岳靈珊的丈夫也憎厭上了。

余滄海與左冷禪一向交情不壞，此次左冷禪又先後親自連寫了兩封信，邀他上山觀禮，兼壯聲勢。余滄海來到嵩山之時，料定左冷禪定會當五嶽派掌門，因此雖與華山派門人有仇，卻全不放在心上，那知這五嶽派掌門一席竟會給岳不羣奪了去，大爲始料所不及，覺得在嵩山殊無意味，即晚便欲下山。

青城派一行從嵩山絕頂下來之時，林平之走到他身旁，低聲相約，要他今晚子時在封禪台畔相會。林平之說話雖輕，措詞神情卻無禮已極，令他難以推託。余滄海尋思：「你華山派新掌五嶽派門戶，氣燄不可一世，但你羽翼未豐，五嶽派內四分五裂，我也不來怕你。只須提防你邀約幫手，對我羣起而攻。」他故意赴約稍遲，跟在林平之身後，看他是否有大批幫手，眼見林平之竟孤身上峯赴約。他暗暗心喜，本來帶齊了青城派門人，當下只帶了兩名弟子上峯，其餘門人則散布峯腰，一見到有人上峯應援，便即發聲示警。上得峯來，見封禪台旁有多人睡臥，余滄海暗暗叫苦，心想：「三十老娘，倒繃嬰兒。我只去查他有沒帶同大批幫手上峯，沒想到他大批幫手早在峯頂相候。老道身入伏中，可得籌劃脫身之計。」

他素知恆山派的武功劍術不在青城派之下，雖然三位前輩師太圓寂，令狐冲又身受重傷，此刻恆山派中人材凋零，並無高手，但畢竟人多勢衆，倘若數百名尼姑結成劍陣圍攻，可棘手得緊。待聽儀和如此說，雖直呼自己爲「矮子」，好生無禮，但言語中顯然表明兩不相助，不禁心中一寬，說道：「各位兩不相助，就再好不過。大家不妨眼睛睜得大大的，且看我青城派與華山派，劍法相較卻又如何。」頓了一頓，又道：「各位別以爲岳不羣僥倖勝得嵩山左師兄，他劍法便如何了不起。武林中各家各派，各有各的絕技，華山劍法未必就能獨步天下。以貧道看來，恆山劍法就比華山高明得多。」

他這幾句話的絃外之意，恆山門人如何聽不出來，儀和卻不領他情，說道：「你們兩個，要打便爽爽快快動手，半夜三更在這裏嘰哩咕嚕，擾人清夢，未免太不識相。」

余滄海心下暗怒，尋思：「今日老道要對付姓林的小子，又落了單，不能跟你們這些臭尼姑算帳。日後你恆山門人在江湖上撞在老道手中，總教你們有苦頭吃的。」他爲人小氣，一向又自尊自大慣了的，武林後輩見到他若不恭恭敬敬的奉承，他已老大不高興，儀和如此說話，倘在平時，他早就大發脾氣了。

林平之走上兩步，說道：「余滄海，你爲了覬覦我家劍譜，害死我父母雙親，我福威鏢局中數十口人丁，都死在你青城派手下，這筆血債，今日要鮮血來償。」

余滄海氣往上衝，大聲道：「我親生孩兒死在你這小畜生手下，你便不來找我，我也要將你這小狗千刀萬剮。你托庇華山門下，以岳不羣爲靠山，難道就躲得過了？」嗆啷一聲響，長劍出鞘。這日正是十五，皓月當空，他身子雖矮，劍刃卻長。月光與劍光映成一片，溶溶如水，在他身前晃動，只這一拔劍，氣勢便大爲不凡。

恆山弟子均想：「這矮子成名已久，果然非同小可。」

林平之仍不拔劍，又走上兩步，與余滄海相距已只丈餘，側頭瞪視著他，眼睛中如欲迸出火來。

余滄海見他並不拔劍，心想：「你這小子倒也托大，此刻我只須一招『碧淵騰蛟』，長劍挑起，便將你自小腹而至咽喉，劃一道兩尺半的口子。只不過你是後輩，我可不便先動手。」喝道：「你還不拔劍？」他蓄勢以待，只須林平之手按劍柄，長劍抽動，不等他長劍出鞘，這一招「碧淵騰蛟」便剖了他肚子。恆山弟子就只能讚他出手迅捷，不能說他突然偷襲。

令狐冲見余滄海手中長劍劍尖不住顫動，叫道：「林師弟，小心他刺你小腹。」

林平之一聲冷笑，驀地疾衝上前，當眞是動如脫兔，一瞬之間，與余滄海相距已不到一尺，兩人的鼻子幾乎要碰在一起。這一衝招式之怪，沒人想像得到，而行動之快，更難以形容。他這麼一衝，余滄海的雙手，右手中的長劍，便都已到了對方背後。他長劍沒法彎過來戳刺林平之背心，而林平之左手已拿住了他右肩，右手按上了他心房。

余滄海只覺「肩井穴」上一陣酸麻，右臂竟沒半分力氣，長劍便欲脫手。眼見林平之一招制住強敵，手法之奇，恰似岳不羣戰勝左冷禪時所使的招式，路子也一模一樣，令狐冲轉過頭來，和盈盈四目交視，不約而同的低呼：「東方不敗！」兩人都從對方的目光之中，看到了驚恐和惶惑之意。顯然，林平之這一招，便是東方不敗當日在黑木崖所使的功夫。

林平之右掌蓄勁不吐，月光之下，只見余滄海眼光中突然露出極大的恐懼。林平之快意殊甚，只覺若是一掌將這大仇人震死，未免太過便宜了他。便在此時，只聽得遠處岳靈珊的聲音響了起來：「平弟，平弟！爹爹叫你今日暫且饒他。」

她一面呼喚，一面奔上峯來。見到林平之和余滄海面對面的站著，不由得一呆。她搶前幾步，見林平之一手已拿住余滄海的要穴，一手按在他胸口，便噓了口氣，說道：「爹爹說道，余觀主今日是客，咱們不可難爲了他。」

林平之哼的一聲，搭在余滄海「肩井穴」的左手加催內勁。余滄海穴道中酸麻加甚，但隨即覺察到，對方內力其實平平無奇，苦在自己要穴受制，否則以內功修爲而論，和自己可差得遠了，一時之間悲怒交集，對方武功明明稀鬆平常，再練十年也不是自己對手，偏偏一時疏忽，竟爲他怪招所乘。

岳靈珊道：「爹爹叫你今日饒他性命。你要報仇，還怕他逃到天邊去嗎？」

林平之提起左掌，啪啪兩聲，打了余滄海兩個耳光。余滄海怒極，但對方右手仍然按在自己心房之上，這少年內力不濟，但稍一用勁，便能震壞自己心脈，這一掌如將自己就此震死，倒也一了百了，最怕的是他以第四五流的內功，震得自己死不死、活不活，那就慘了。在一刹那間他權衡輕重利害，竟不敢稍有動彈。

林平之打了他兩記耳光，一聲長笑，身子倒縱出去，已離他有三丈遠近，側頭向他瞪視，一言不發。余滄海挺劍欲上，但想自己以一代宗主，一招之間便落了下風，衆目睽睽之下若再上前纏鬥，那是痞棍無賴的打法，較之比武而輸，更加羞恥十倍，雖跨出了一步，第二步卻不再踏出。林平之一聲冷笑，轉身便走，竟也不去理睬妻子。

岳靈珊頓了頓足，瞥眼見到令狐冲坐在封禪台之側，當即走到他身前，說道：「大師哥，你……你的傷不礙事罷？」令狐冲先前聽到她呼聲，心中便已怦怦亂跳，這時更加心神激盪，說道：「我……我……我……」儀和向岳靈珊冷冷的道：「死不了，沒能如你的意！」岳靈珊聽而不聞，眼光只望著令狐冲，低聲道：「那劍脫手，我……我不是有心想傷你的。」令狐冲道：「是，我當然知道，我當然知道……我……我……我當然知道。」他向來豁達洒脫，但在這小師妹面前，竟呆頭呆腦，變得如木頭人一樣，連說了三句「我當然知道」，直是不知所云。

岳靈珊道：「你受傷很重，我好生過意不去，盼你別見怪。」令狐冲道：「不，不會，我當然不怪你。」岳靈珊幽幽嘆了口氣，低下了頭，輕聲道：「我去啦！」令狐冲道：「你……你要去了嗎？」失望之情，溢於言表。

岳靈珊低頭慢慢走開，快下峯時，站定腳步，轉身說道：「大師哥，恆山派來到華山的兩位師姊，爹爹說我們多有失禮，很對不起。我們一回華山，立即向兩位師姊賠罪，恭送她們下山。」

令狐冲道：「是，很好，很……很好！」目送她走下山峯，背影在松樹後消失，忽然想起，當年在思過崖上，初時她天天給自己送酒送飯，離去時也總是這麼依依不捨，勉強想些話來說，多講幾句才罷，直到後來她移情於林平之，情景才變。

他回思往事，情難自已，忽聽得儀和一聲冷笑，說道：「這女子有甚麼好？三心二意，水性楊花，待人沒半點真情，跟咱們任大小姐相比，給人家提鞋兒也不配。」

令狐冲一驚，這才想起盈盈便在身邊，自己對小師妹如此失魂落魄的模樣，當然都給她瞧在眼裏了，不由得臉上一陣發熱。見盈盈倚在封禪台的一角，似在打盹，心想：「只盼她是睡著了才好。」但盈盈如此精細，怎會在這當兒睡著？

對付盈盈，他可立刻聰明起來，這時既無話可說，最好便甚麼話都不說，但更好的法子，是將她心思引開，不去想剛才的事，當下慢慢躺倒，忽然輕輕哼了一聲，顯得觸到背上的傷痛。盈盈果然十分關心，過來低聲問道：「碰痛了嗎？」令狐冲道：「還好。」伸過手去，握住了她手。盈盈想要甩脫，但令狐冲抓得很緊。她生怕使力之下，扭痛了他傷口，只得任由他握著。令狐冲失血極多，疲困殊甚，過了一會，迷迷糊糊的也就睡著了。

次晨醒轉，已紅日滿山。衆人怕驚醒了他，都沒敢說話。令狐冲覺得手中已空，不知甚麼時候，盈盈已將手抽回了，但她一雙關切的目光卻凝視著他臉。令狐冲向她微微一笑，坐起身來，說道：「咱們回恆山去罷！」

這時田伯光已砍下樹木，做了個擔架，當下與不戒和尙二人抬起令狐冲，走下峯來。衆人行經嵩山本院時，見岳不羣站在門口，滿臉堆笑的相送，岳夫人和岳靈珊卻不在其旁。令狐冲道：「師父，弟子不能向你老人家叩頭告別了。」岳不羣道：「不用，不用。等你養好傷後，咱們再詳細商談。我做這五嶽派掌門，沒甚麼得力之人匡扶，今後仗你相助的地方正多著呢。」令狐冲勉強一笑。不戒和田伯光抬著他行走如飛，頃刻間走得遠了。

山道上盡是這次來嵩山聚會的羣豪。到得山腳，衆人僱了幾輛騾車，讓令狐冲、盈盈等人乘坐。

傍晚時分，來到一處小鎮，見一家茶館的木棚下坐滿了人，都是青城派的，余滄海也在其內。他見到恆山弟子到來，臉上變色，轉過身子。小鎮上別無茶館飯店，恆山衆人便在對面屋簷下的石階坐下休息。鄭萼和秦絹到茶館中去張羅了熱茶來給令狐冲喝。

忽聽得馬蹄聲響，大道上塵土飛揚，兩乘馬急馳而來。到得鎮前，雙騎勒定，馬上一男一女，正是林平之和岳靈珊夫婦。林平之叫道：「余滄海，你明知我不肯干休，幹麼不趕快逃走？卻在這裏等死？」

令狐冲在騾車中聽得林平之的聲音，問道：「是林師弟他們追上來了？」秦絹坐在車中正服侍他喝茶，便捲起車帷，讓他觀看車外情景。

余滄海坐在板凳上，端起了一杯茶，一口口的呷著，並不理睬，將一杯茶喝乾，才道：「我正要等你前來送死。」

林平之喝道：「好！」這「好」字剛出口，便即拔劍下馬，反手挺劍刺出，跟著飛身上馬，一聲吆喝，和岳靈珊並騎而去。站在街邊的一名青城弟子胸口鮮血狂湧，慢慢倒下。

林平之這一劍出手之奇，實令人難以想像。他拔劍下馬，擺明了是要攻擊余滄海。余滄海見他拔劍相攻，正求之不得，心下暗喜，料定一和他鬥劍，便可取其性命，以報昨晚封禪台畔的奇恥大辱，日後岳不羣便來找自己晦氣，理論此事，那也是將來的事了。那料到對方這一劍竟會在中途轉向，快如閃電般刺死一名青城弟子，便即策馬馳去。余滄海驚怒之下，躍起追擊，但對方二人坐騎奔跑迅速，已追趕不上。

林平之這一劍奇幻莫測，迅捷無倫，令狐冲只看得撟舌不下，心想：「這一劍倘是向我刺來，如我手中沒兵刃，決然沒法抵擋，非給他刺死不可。」他自忖以劍術而論，林平之和自己相差極遠，可是他適才這一招如此快法，自己卻確無拆解之方。

余滄海指著林平之馬後的飛塵，頓足大罵，但林平之和岳靈珊早去得遠了，那裏還聽得到他罵聲？他滿腔怒火，無處發洩，轉身罵道：「你們這些臭尼姑，明知姓林的要來，便先來爲他助威開路。好，姓林的小畜生逃走了，有膽子的，便過來決一死戰。」恆山弟子比青城派人數多上數倍，兼之有不戒和尚、盈盈、桃谷六仙、田伯光等好手在內，倘若動手，青城派決無勝望。雙方強弱懸殊，余滄海不是不知，但他狂怒之下，雖向來老謀深算，這時竟也按捺不住。

儀和當即抽出長劍，怒道：「要打便打，誰還怕了你不成？」

令狐冲道：「儀和師姊，別去理他！」

盈盈向桃谷六仙低聲說了幾句話。桃根仙、桃幹仙、桃枝仙、桃葉仙四人突然間飛身而起，撲向繫在涼棚上的一匹馬。

那馬便是余滄海的坐騎。只聽得一聲嘶鳴，桃谷四仙已分別抓住那馬的四條腿，四下裏一拉，豁啦一聲巨響，那馬竟給撕成了四片，臟腑鮮血，到處飛濺。這馬腿高身壯，竟爲桃谷四仙以空手撕裂，四人膂力之強，出手之快，實所罕見。青城派弟子無不駭然變色，連恆山門人也都嚇得心中怦怦亂跳。

盈盈說道：「余老道，姓林的跟你有仇。我們兩不相幫，只袖手旁觀，你可別牽扯上我們。當眞要打，你們不是對手，大家省些力氣罷！」

余滄海一驚之下，氣勢怯了，唰的一聲，將長劍還入鞘中，說道：「大家既河水不犯井水，那就各走各路，你們先請罷。」盈盈道：「那可不行，我們得跟著你們。」余滄海眉頭一皺，問道：「那爲甚麼？」盈盈道：「實不相瞞，那姓林的劍法太怪，我們須得看個清楚。」令狐冲心頭一凜，盈盈這句話正說中了他的心事，林平之劍術之奇，連「獨孤九劍」也沒法破解，確是非看個清楚不可。

余滄海道：「你要看那小子的劍法，跟我有甚相干？」這句話一出口，便知說錯了，自己與林平之仇深似海，林平之決不會只殺一名青城弟子，就此罷手，定然又會再來尋仇。恆山派衆人便是要看林平之如何使劍，如何來殺戮他青城派人衆。

任何學武之人，一知有奇特的武功，定欲一睹爲快，恆山派人人使劍，自不肯放過這大好機會。只是他們跟定了青城派，倒似青城派已成待宰羔羊，只看屠夫如何操刀一割。世上欺人之甚，豈有更逾於此？他心下大怒，便欲反唇相稽，話到口邊，終於強行忍住，鼻孔中哼了一聲，心道：「這姓林的小子只不過忽使怪招，卑鄙偷襲，兩次都攻我一個措手不及，難道他還有甚麼眞實本領？否則的話，他又怎麼不敢跟我正大光明的動手較量？好，你們跟定了，叫你們看個淸楚，瞧道爺怎地一劍一劍，將這小畜生斬成肉醬。」

他轉過身來，回到涼棚中坐定，拿起茶壺來斟茶，只聽得嗒嗒嗒之聲不絕，卻是右手發抖，茶壺蓋震動作聲。適才林平之在他跟前，他鎭定如恆，慢慢將一杯茶呷乾，渾沒將大敵當前當一回事，可是此刻心中不住說：「爲甚麼手發抖？爲甚麼手發抖？」勉力運氣寧定，茶壺蓋總是不住的發響。他門下弟子只道是師父氣得厲害，其實余滄海內心深處，卻知自己實是害怕之極，林平之這一劍倘若刺向自己，決計抵擋不了。

余滄海喝了一杯茶後，心神始終不能寧定，吩咐衆弟子將死去的弟子抬到鎭外荒地掩埋，餘人便在這涼棚中宿歇。鎭上居民遠遠望見這一夥人鬥毆殺人，早已嚇得家家閉門，誰敢過來瞧上一眼？

恆山派一行散在店鋪與人家的屋簷下。盈盈獨自坐在一輛騾車之中，與令狐冲的騾車離得遠遠地。雖然她與令狐冲的戀情早已天下知聞，但她靦腆之情竟不稍減。恆山女弟子爲令狐冲敷傷換藥，她正眼也不去瞧。鄭萼、秦絹等知她心意，不斷將令狐冲傷勢情形說給她聽，盈盈只微微點頭，不置一辭。

令狐冲細思林平之這一招劍法，劍招本身全無特異，只出手實在太過突兀，事先絕無半分朕兆，這一招不論向誰攻出，就算是絕頂高手，只怕也難以招架。當日在黑木崖上圍攻東方不敗，他手中只持一枚繡花針，可是四大高手竟無法與之相抗，仔細想來，非因東方不敗內功奇高，也非由於招數極巧，只是他行動如電，攻守進退全出於對手意料之外。林平之在封禪台旁制住余滄海、適才出劍刺死青城弟子，武功路子便與東方不敗相同，而岳不羣刺瞎左冷禪雙目，顯然也便是這一路功夫。辟邪劍法與東方不敗所學的《葵花寶典》系出同源，料來岳不羣與林平之所使的，自便是「辟邪劍法」了。

念及此處，不禁搖頭，喃喃道：「辟邪，辟邪！辟甚麼邪？這功夫本身便邪得緊。」心想：「當今之世，能對付得這門劍法的，恐怕只有風太師叔。我傷愈之後，須得再上華山，去向風太師叔請教，求他老人家指點破解之法。風太師叔說過不見華山派的人，我此刻可已不是華山派了。」又想：「東方不敗已死。岳不羣是我師父，林平之是我師弟，他二人決不會用這劍法來對付我，然則又何必去鑽研破解這路劍法的法門？」突然間想起一事，猛地坐起，一動之下，騾車忽震，傷口登時奇痛，忍不住哼了一聲。

秦絹站在車旁，忙問：「要喝茶嗎？」令狐冲道：「不用。小師妹，請你去請任姑娘過來。」秦絹答應了。過了一會，盈盈隨著秦絹過來，淡淡問道：「甚麼事？」

令狐冲道：「我忽然想起一事。你爹爹曾說，你教中那部《葵花寶典》，是他傳給東方不敗的。當時我總道《葵花寶典》上所載的功夫，一定不及你爹爹自己修習的神功，可是……」盈盈道：「可是我爹爹的武功，後來卻顯然不及東方不敗，是不是？」令狐冲道：「正是。這其中的緣由，我可不明白了。」學武之人見到武學祕錄，決無自己不學而傳給旁人之理，就算是父子、夫妻、師徒、兄弟、至親至愛之人，也不過是共同修習，又或是自己先習，再傳親人。捨己爲人，那可大悖常情。

盈盈道：「這事我也問過爹爹。他說：第一，這部寶典上的武功是學不得的，學了大大有害。第二，他也不知寶典上的武功學成之後，竟有這般厲害。」令狐冲道：「學不得的？那爲甚麼？」盈盈臉上一紅，道：「爲甚麼學不得，我怎知道？」頓了一頓，又道：「東方不敗如此下場，有甚麼好？」

令狐冲「嗯」了一聲，內心隱隱覺得，師父似乎正在走上東方不敗的路子。他這次擊敗左冷禪，奪到五嶽派掌門人之位，令狐冲殊無絲毫歡喜之情。「千秋萬載，一統江湖」，黑木崖上所見情景、所聞諛辭，在他心中，似乎漸漸要與岳不羣連在一起了。

盈盈低聲道：「你靜靜的養傷，別胡思亂想，我去睡了。」令狐冲道：「是。」掀開車帷，只見月光如水，映在盈盈臉上，突然之間，心下只覺十分對她不起。盈盈慢慢轉過身去，忽道：「你那林師弟，穿的衣衫好花！」說了這句話，走向自己騾車。

令狐冲微覺奇怪：「她說林師弟穿的衣衫好花，那是甚麼意思？林師弟剛做新郎，穿的是新婚時的衣飾，也沒甚麼希奇。這女孩子，不注意人家的劍法，卻去留神人家的衣衫，眞有趣。」他一閉眼，腦海中出現的只是林平之那一劍刺出時的閃光，到底林平之穿的是甚麼花式的衣衫，可半點也想不起來。

睡到中夜，遠遠聽得馬蹄聲響，兩乘馬自西奔來，令狐冲坐起身來，掀開車帷，見恆山弟子和青城人衆一個個都醒了轉來。恆山衆弟子立即七個一羣，結成了劍陣，站定方位，凝立不動。青城人衆有的衝向路口，有的背靠土牆，遠不若恆山弟子鎭定。

大路上兩乘馬急奔而至，月光下望得明白，正是林平之夫婦。林平之叫道：「余滄海，你爲了想偷學我林家的辟邪劍法，害死了我父母。現下我一招一招的使給你看，可要瞧仔細了。」他將馬一勒，躍下馬鞍，長劍負在背上，快步向青城人衆走來。

令狐冲一定神，見他穿的是一件翠綠衫子，袍角和衣袖上都繡了深黃色的花朶，金線滾邊，腰中繫一條繡金帶，走動時閃閃生光，果然十分華麗燦爛，心想：「林師弟本來甚爲樸素，做了新郎後，登時大不相同。那也難怪，少年得意，娶得這樣的媳婦，自是興高采烈，要盡情的打扮一番。」

昨晚在封禪台側，林平之空手襲擊余滄海，正是這麼一副模樣，此時青城派豈容他故技重施？余滄海一聲呼喝，便有四名弟子挺劍直上，兩把劍分刺他左胸右胸，兩把劍分自左右橫掃，斬其雙腿。

林平之右手伸出，在兩名青城弟子手腕上迅速無比的一按，跟著手臂回轉，在斬他下盤的兩名青城弟子手肘上一推，只聽得四聲慘呼，兩人倒了下來。這兩人本以長劍刺他胸膛，但給他在手腕上一按，長劍迴轉，竟插入了自己小腹。林平之叫道：「辟邪劍法，第二招和第三招！看清楚了罷？」轉身上鞍，縱馬而去。

青城人眾驚得呆了，竟沒上前追趕。看另外兩名弟子時，只見一人的長劍自下而上的刺入了對方胸膛，另一人也是如此。這二人均已氣絕，但右手仍緊握劍柄，是以二人相互連住，仍直立不倒。

林平之這麼一按一推，令狐冲看得分明，又驚駭，又佩服，心道：「高明之極，這確是劍法，不是擒拿。只不過他手中沒持劍而已。」

月光映照下，余滄海矮矮的人形站在四具屍體之旁，呆呆出神。青城羣弟子圍在他身周，離得遠遠地，誰都不敢說話。

隔了良久，令狐冲從車中望出去，見余滄海仍呆立不動，他的影子卻漸漸拉得長了，這情景說不盡的詭異。有些青城弟子已走了開去，有些坐了下來，余滄海仍如僵了一般。令狐冲心中突然生起一陣憐憫之意，這青城派的一代宗師給人制得一籌莫展，束手待斃，不自禁的代他難過。

睡意漸濃，便合上了眼，睡夢中忽覺騾車馳動，跟著聽得吆喝之聲，原來已然天明，衆人啓行上道。他從車帷邊望出去，筆直的大道上，青城派師徒有的乘馬，有的步行，瞧著他們零零落落的背影，只覺說不出的淒涼，便如是一羣待宰的牛羊，自行走入屠場一般。他想：「這羣人都知林平之定會再來，也都知決計沒法與之相抗，若分散逃去，青城一派就此毀了。難道林平之找上青城山去，松風觀中竟沒人出來應接？」

中午時分，到了一處大鎮甸上，青城人衆在酒樓中吃喝，恆山派羣徒便在對面的飯館打尖。隔街望見青城師徒大塊肉大碗酒的大吃大喝，羣尼都默不作聲。各人知道，這些人命在旦夕，多吃得一頓便是一頓。

行到未牌時分，來到一條江邊，只聽得馬蹄聲響，林平之夫婦又縱馬馳來。儀和一聲口哨，恆山人衆都停了下來。

其時紅日當空，兩騎馬沿江奔至。馳到近處，岳靈珊先勒定了馬，林平之繼續前行。余滄海一揮手，衆弟子同時轉身，沿江南奔。林平之哈哈大笑，叫道：「余矮子，你逃到那裏去？」縱馬衝來。

余滄海猛地回身一劍，劍光如虹，向林平之臉上刺去。這一劍勢道竟如此厲害，林平之似乎吃了一驚，忙拔劍擋架。青城羣弟子紛紛圍上。余滄海一劍緊似一劍，忽而竄高，忽而伏低，這六十左右的老者，此刻矯健猶勝少年，手上劍招全採攻勢。八名青城弟子長劍揮舞，圍繞在林平之馬前馬後，卻不向馬匹身上砍斬。

令狐冲看得幾招，便明白了余滄海的用意。林平之劍法的長處，在於變化莫測，迅若雷電，他騎在馬上，這長處便大大打了折扣，如要驟然進攻，只能身子前探，胯下坐騎可不能似他一般趨退若神，令人無所捉摸。八名青城弟子結成劍網，圍在馬匹周圍，旨在迫得林平之不能下馬。令狐冲心想：「青城掌門果非凡庸之輩，這法子倒很厲害。」

林平之劍法變幻，甚爲奇妙，但既身在馬上，余滄海便儘自抵敵得住，令狐冲又看了數招，目光便射向遠處的岳靈珊，突然間全身一震，大吃一驚。

只見六名青城弟子已圍住了她，將她慢慢擠向江邊。跟著她所乘馬匹肚腹中劍，長聲悲嘶，跳將起來，將她從馬背上摔落。岳靈珊側身架開削來的兩劍，站起身來。六名青城弟子奮力進攻，猶如拚命一般，令狐冲認得有侯人英和洪人雄兩人在內。侯人英左手使劍，仍極悍勇。岳靈珊雖學過思過崖後洞石壁上所刻的五派劍法，青城派劍法卻沒學過。石壁上的劍招，對她而言都太過高明，她其實並未眞正學會，只是經父親指點後，略得形似而已。在封禪台側以泰山劍法對付泰山派好手，以衡山劍法對付衡山派掌門，令對方大吃一驚，頗具先聲奪人之勢，但以之對付青城弟子，卻無此效。

令狐冲只看得數招，便知岳靈珊沒法抵擋，正焦急間，忽聽得「啊」的一聲長叫，一名青城弟子的左臂給岳靈珊以一招衡山劍法的巧招削斷。令狐冲心中一喜，只盼這六名弟子就此嚇退，豈知其餘五人固沒退開半步，連那斷了左臂之人，也如發狂般撲上。

岳靈珊見他全身浴血，神色可怖，嚇得連退數步，一腳踏空，摔在江邊的碎石灘上。

令狐冲驚呼一聲，叫道：「不要臉，不要臉！」忽聽盈盈說道：「那日咱們對付東方不敗，也就是這個打法。」不知在甚麼時候，她已到了身邊。令狐冲心想不錯，那日黑木崖之戰，己方四人已然敗定，幸虧盈盈轉而進攻楊蓮亭，分散了東方不敗的心神，才致他死命。此刻余滄海所使的正便是這計策，他們如何擊斃東方不敗，余滄海自然不知，只是情急智生，想出來的法子竟不謀而合。料想林平之見到愛妻遇險，定然分心，自當回身去救，不料他全力和余滄海相鬥，竟全不理會妻子身處奇險。

岳靈珊摔倒後便即躍起，長劍急舞。六名青城弟子心知青城一派的存亡，自己的生死，決於是否能在這一役中殺了對手，都不顧性命的進逼。那斷臂之人已拋去長劍，著地打滾，右臂向岳靈珊小腿攬去。岳靈珊大驚，叫道：「平弟，平弟，快來助我！」

林平之朗聲道：「余矮子要瞧辟邪劍法，讓他瞧個明白，死了也好閉眼！」奇招迭出，只壓得余滄海透不過氣來。他辟邪劍法的招式，余滄海早已詳加鑽研，盡數了然於胸，可是這些並無多大奇處的招式之中，突然間會多了若干奇異之極的變化，更以猶如雷轟電閃般的手法使出，只逼得余滄海怒吼連連，狼狽不堪。余滄海知對手內力遠不如己，不住以劍刃擊向林平之長劍，只盼將之震落脫手，但始終碰它不著。

令狐冲大怒，喝道：「你……你……你……」他本來還道林平之給余滄海纏住了，分不出手來相救妻子，聽他這麼說，竟是沒將岳靈珊的安危放在心上，所重視的只是要將余滄海戲弄個夠。這時陽光猛烈，遠遠望見林平之嘴角微斜，臉上神色又興奮又痛恨，想見他心中充滿了復仇快意。若說像貓兒捉到了老鼠，要先殘酷折磨，再行咬死，但貓兒對老鼠卻絕無這般痛恨和惡毒。

岳靈珊又叫：「平弟，平弟，快來！」聲嘶力竭，已然緊急萬狀。林平之道：「這就來啦，你再支持一會兒，我得把辟邪劍法使全了，好讓他看個明白。余矮子跟我們原沒怨仇，一切都是爲了這『辟邪劍法』，總得讓他把這套劍法有頭有尾的看個分明，你說是不是？」他慢條斯理的說話，顯然不是說給妻子聽，而是在對余滄海說，還怕對方不明白，又加一句：「余矮子，你說是不是？」他身法美妙，一劍一指，極盡都雅，神態中竟大有華山派女弟子所學「玉女劍十九式」的風姿，只是帶著三分陰森森的邪氣。

令狐冲原想觀看他辟邪劍法的招式，此刻他向余滄海展示全貌，正是再好不過的機會。但他掛念岳靈珊的安危，就算料定日後林平之定會以這路劍法來殺他，也決無餘裕去細看一招，耳聽得岳靈珊連聲急叫，再也忍耐不住，叫道：「儀和師姊、儀清師姊，請你們快去救岳姑娘。她……她抵擋不住了。」

儀和道：「我們說過兩不相助，只怕不便出手。」

武林中人最講究「信義」二字，連田伯光這等採花大盜，也得信守諾言。令狐冲聽儀和這麼說，知道確是實情，前晚在封禪台之側，她們就已向余滄海說得明白，決不插手，倘若此刻有人上前相救岳靈珊，確是大損恆山一派的令譽，不由得心中大急，叫道：「不戒大師呢？不可不戒呢？」

秦絹道：「他二人昨天便跟桃谷六仙一起走了，說道瞧著余矮子的模樣太也氣悶，要去喝酒。再說，他們八個也都是恆山派的……」

盈盈突然縱身而出，奔到江邊，腰間一探，手中已多了兩柄短劍，朗聲道：「你們瞧清楚了，我是日月神教任教主之女任盈盈便是，可不是恆山派的。你們六個大男人，合手欺侮一個女流之輩，教人看不過去。任姑娘路見不平，這樁事得管上一管。」

令狐冲見盈盈出手，不禁大喜，吁了一口長氣，只覺傷口劇痛，坐倒車中。

青城六弟子對盈盈之來，竟全不理睬，仍拚命向岳靈珊進攻。岳靈珊退得幾步，噗的一聲，左足踩入了江水。她不識水性，一足入水，心中登時慌了，劍法更加散亂。便在此時，只覺左肩一痛，給敵人刺了一劍。那斷臂人乘勢撲上，伸右臂攬住了她右腿。岳靈珊長劍砍下，中其背心，那斷臂人張嘴往她腿上狠命咬落。岳靈珊眼前一黑，心想：「我就這麼死了？」遙見林平之斜斜刺出一劍，左手揑著劍訣，在半空中劃個弧形，姿式俊雅，正自好整以暇的賣弄劍法。她心頭一陣氣苦，險些暈去，突然間眼前兩把長劍飛起，跟著撲通、撲通聲響，兩名青城弟子摔入了江中。岳靈珊意亂神迷，摔倒在地。

盈盈舞動短劍，十餘招間，餘下五名青城弟子盡皆受傷，兵刃脫手，只得退開。盈盈將那垂死的獨臂人踢開，拉起岳靈珊，見她下半身浸入江中，裙子盡濕，衣裳上濺滿了鮮血，扶著她走上江岸。

只聽得林平之叫道：「我林家的辟邪劍法，你們都看清楚了嗎？」劍光閃處，圍在他馬旁的一名青城弟子眉心中劍。他哈哈大笑，叫道：「方人智，你這惡賊，這般死法，可便宜了你！」他一提韁繩，坐騎躍過方人智屍身，馳了出來。

余滄海筋疲力竭，那敢追趕？

林平之勒馬四顧，突然叫道：「你是賈人達！」縱馬向前。賈人達本就遠遠縮在一旁，見他追來，大叫一聲，轉身狂奔。林平之卻也並不急趕，縱馬緩緩追上，長劍挺出，刺中他右腿。賈人達撲地摔倒。林平之一提韁繩，馬蹄便往他身上踏去。賈人達長聲慘呼，一時卻不得便死。林平之大笑聲中，拉轉馬頭，又縱馬往他身上踐踏，來回數次，賈人達慘呼聲越叫越低，終於寂無聲息。

林平之更不再向青城派眾人多瞧一眼，縱馬馳到岳靈珊和盈盈的身邊，向妻子道：「上馬！」岳靈珊向他怒目而視，過了一會，咬牙說道：「你自己去好了。」林平之問道：「你呢？」岳靈珊道：「你管我幹麼？」林平之向恆山派羣弟子瞧了一眼，冷笑一聲，雙腿一夾，縱馬絕塵而去。

盈盈料想不到林平之對他新婚妻子竟會如此絕情，不禁愕然，說道：「林夫人，你到我車中歇歇。」岳靈珊淚水盈眶，竭力忍住不讓眼淚流下，嗚咽道：「我……我不去。你……你爲甚麼要救我？」盈盈道：「不是我救你，是你大師哥要救你。」岳靈珊心中一酸，再也忍耐不住，眼淚湧出，說道：「你……請你借我一匹馬。」盈盈道：「好。」轉身去牽了一匹馬過來。岳靈珊道：「多謝，你……你……」躍上馬背，勒馬轉向東行，和林平之所去方向相反，似是回向嵩山。

余滄海見她馳過，頗覺詫異，但也沒加理會，心想：「過了一夜，這姓林的小畜生又會來殺我們幾人，要將我衆弟子一個個都殺了，叫我孤另另的一人，然後再向我下手。」

令狐冲不忍看余滄海這等失魂落魄的模樣，說道：「走罷！」趕車的應道：「是！」一聲吆喝，鞭子在半空中虛擊一記，啪的一響，騾子拖動車子，向前行去。令狐冲「咦」的一聲。他見岳靈珊向東回轉，心中自然而然的想隨她而去，不料騾車卻向西行。他心中一沉，卻不能吩咐騾車折向東行，掀開車帷向後望去，早已瞧不見她背影，心頭沉重：「她身上受傷，孤身獨行，沒人照料，那便如何是好？」忽聽秦絹道：「她回去嵩山，到她父母身邊就平安了，你不用躭心！」

令狐冲心下一寬，道：「是。」心想：「秦師妹好細心，猜到了我的心思。」

次日中午，一行人在一家小飯店中打尖。這飯店其實算不上是甚麼店，只是大道旁的幾間草棚，放上幾張板桌，供過往行人喝茶買飯。恆山派人眾湧到，飯店中便沒這許多米，好在眾人帶得有米，連鍋子碗筷等等也一應俱備，當下便在草棚旁埋鍋造飯。

令狐冲在車中坐得久了，甚是氣悶，在恆山派金創藥內服外敷之下，傷勢已好了許多，鄭萼與秦絹二人攙扶著他，下車來在草棚中坐著休息。

他眼望東邊，心想：「不知小師妹會不會來？」

只見大道上塵土飛揚，一羣人從東而至，正是余滄海等一行。青城派人眾來到草棚外，也即下馬做飯打尖。余滄海獨自坐在一張板桌之旁，一言不發，呆呆出神。顯然他自知命運已然注定，對恆山派眾人也不迴避忌憚，當眞是除死無大事，不論恆山派眾人瞧見他如何死法，都沒甚麼相干。

過不多久，西首馬蹄聲響，一騎馬緩緩行來，馬上騎者錦衣華服，正是林平之。他在草棚外勒定了馬，見青城派眾人對他不瞧一眼，各人自顧煮飯的煮飯，喝茶的喝茶。這情形倒大出他意料之外，哈哈一笑，說道：「不管你們逃不逃走，我一樣要殺人！」躍下馬來，在馬臀上一拍，那馬蹓了開去，自去吃草。他見草棚中尙有兩張空著的板桌，便去一張桌旁坐下。

他一進草棚，令狐冲便聞到一股濃冽的香氣，但見林平之的服色考究之極，顯是衣衫上都薰了香，帽上綴著塊翠玉，手上戴了紅寶石戒指，每隻鞋頭上都縫著兩枚珍珠，直是家財萬貫的豪富公子打扮，那裏像是個武林人物？

令狐冲心想：「他家裏本來開福威鏢局，原是個極有錢的富家公子。在江湖上吃了幾年苦，現下學成了本事，自是要好好享用一番了。」只見他從懷中取出一塊雪白的綢帕，輕輕抹了抹臉。他相貌俊美，這幾下取帕、抹臉、抖衣，直如是戲台上的花旦。林平之坐定後，淡淡的道：「令狐兄，你好！」令狐冲點了點頭，道：「你好！」

林平之側過頭去，見一名青城弟子捧了一壺熱茶上來，給余滄海斟茶，說道：「你叫于人豪，是不是？當年到我家來殺人，便有你的份兒。你便化成了灰，我也認得。」于人豪將茶壺往桌上重重一放，倏地回身，手按劍柄，退後兩步，說道：「老子正是于人豪，你待怎地？」他說話聲音雖粗，卻語音發顫，臉色鐵青。林平之微微一笑，道：「英雄豪傑，青城四秀！你排第三，可沒半點豪傑的氣概，可笑啊可笑！」

「英雄豪傑，青城四秀」，是青城派武功最強的四名弟子，侯人英、洪人雄、于人豪、羅人傑。其中羅人傑已在湘南迴雁樓頭爲令狐冲所殺，其餘三人都在眼前。林平之又冷笑一聲，說道：「那位令狐兄曾道：『狗熊野豬，青城四獸』，他將你們比作野獸，還是看得起你們了。依我看來，哼哼，只怕連禽獸也不如。」

于人豪又怕又氣，臉色更加青了，手按劍柄，這把劍卻始終沒拔出來。

便在此時，東首傳來馬蹄聲響，兩騎馬快奔而至，來到草棚前，前面一人勒住了馬。衆人回頭看去，有的人「咦」的一聲，叫了出來。前面馬上坐的是個身材肥矮的駝子，正是外號「塞北明駝」的木高峯。後面一匹馬上所乘的卻是岳靈珊。

令狐冲一見到岳靈珊，胸口一熱，心中大喜，卻見岳靈珊雙手反縛背後，坐騎的韁繩也牽在木高峯手中，顯是爲他擒住了，忍不住便要發作，轉念又想：「她丈夫便在這裏，何必要我外人強行出頭？倘若她丈夫不理，那時再設法相救不遲。」

林平之見到木高峯到來，當眞如同天上掉下無數寶貝來一般，喜悅不勝，尋思：「害死我爹爹媽媽的，也有這駝子在內，不料陰差陽錯，今日他竟會自己送將上來，眞叫做老天爺有眼。」

木高峯卻不識得林平之。那日在衡山劉正風家中，二人雖曾相見，但林平之扮作了駝子，臉上貼滿了膏藥，與此刻這樣一個玉樹臨風般的美少年渾不相同，後來雖知他是假裝駝子，卻也沒見過他眞面目。木高峯轉頭向岳靈珊道：「難得有許多朋友在此，咱們走罷。」他見到青城和恆山兩派人衆，心下頗爲忌憚，料想有人會出手相救岳靈珊，不如及早遠離的爲是。他一聲吆喝，縱馬便行。

早一日岳靈珊受傷獨行，想回去嵩山爹娘身畔，但行不多時，便遇上了木高峯。木高峯心眼兒極窄，那日與岳不羣較量內功不勝，後來林震南夫婦又讓他救了去，不免引爲奇恥大辱，後來聽得林震南的兒子林平之投入華山門下，又娶岳不羣之女爲妻，料想這部《辟邪劍譜》自然也帶入了華山門下，更加氣惱萬分。五嶽派開宗立派，他也得到了消息，只是五嶽劍派中人素來瞧他不起，左冷禪也沒給他請柬。他心中氣不過，伏在嵩山左近，只待五嶽派門人下山，若是成羣結隊，有長輩同行，他便不露面，只要有人落了單，他便要暗中料理幾個，以洩心中之憤。但見羣雄紛紛下山，都是數十人、數百人同行，欲待下手，不得其便，好容易見到岳靈珊單騎奔來，當即上前截住。

岳靈珊武功本就不及木高峯，加之身上受傷，木高峯又忽施偷襲，佔了先機，終於遭他所擒。木高峯聽她口出恫嚇之言，說是岳不羣的女兒，更加心花怒放，當下想定主意，要將她藏在一個隱秘之所，再要岳不羣用《辟邪劍譜》來換人。一路上縱馬急行，不料卻撞見了青城、恆山兩派人衆。

岳靈珊心想：「此刻若教他將我帶走了，那裏還有人來救我？」顧不得肩頭傷勢，斜身從馬背上摔落。木高峯喝道：「怎麼啦？」躍下馬來，俯身往岳靈珊背上抓去。

令狐冲心想林平之決不能眼睜睜的瞧著妻子爲人所辱，定會出手相救，那知林平之全不理會，從左手衣袖中取出一柄泥金柄摺扇，輕輕揮動，一個翡翠扇墜不住晃動。其時三月天時，北方冰雪初銷，又怎用得著扇子？他這麼裝模作樣，顯然只不過故示閒暇。

木高峯抓著岳靈珊背心，說道：「小心摔著了。」手臂一舉，將她放上馬鞍，自己躍上馬背，又欲縱馬而行。

林平之說道：「木駝子，這裏有人說道，你的武功甚爲稀鬆平常，你以爲如何？」

木高峯一怔，見林平之獨坐一桌，既不似青城派的，也不似是恆山派的，一時摸不清他來路，便問：「你是誰？」林平之微笑道：「你問我幹甚麼？說你武功稀鬆平常的，又不是我。」木高峯道：「是誰說的？」林平之啪的一聲，扇子合了攏來，向余滄海一指，道：「便是這位青城派的余觀主。他最近看到了一路精妙劍術，乃天下劍法之最，好像叫作辟邪劍法。」

木高峯一聽到「辟邪劍法」四字，精神登時大振，斜眼向余滄海瞧去，只見他手中捏著茶杯，呆呆出神，對林平之的話似乎聽而不聞，便道：「余觀主，恭喜你見到了辟邪劍法，這可不假罷？」

余滄海道：「不假！在下確是從頭至尾、一招一式都見到了。」木高峯又驚又喜，從馬背上躍下，坐到余滄海桌畔，說道：「聽說這劍譜給華山派的岳不羣得了去，你又怎地見到了？」余滄海道：「我沒見到劍譜，只見到有人使這路劍法。」木高峯道：「哦，原來如此。辟邪劍法有眞有假，福州福威鏢局的後人，就學得了一套他媽的辟邪劍法，使出來可教人笑掉了牙齒。你所見到的，想必是眞的了？」余滄海道：「我也不知是眞是假，使這路劍法之人，便是福州福威鏢局的後人。」木高峯哈哈大笑，說道：

「枉爲你是一派宗主，連劍法的眞假也分不出。福威鏢局的那個林震南，不就是死在你手下的嗎？」余滄海道：「辟邪劍法的眞假，我確然分不出。你木大俠見識高明，定然分得出了。」

木高峯素知這矮道人武功見識，乃武林中第一流人物，忽然說這等話，定是別有深意，他嘿嘿嘿的乾笑數聲，環顧四周，見每個人都在瞧著他，神色甚爲古怪，倒似自己說錯了極要緊的話一般，便道：「倘若給我見到，好歹總分辨得出。」

余滄海道：「木大俠要看，那也不難。眼前便有人會使這路劍法。」木高峯心中一凜，眼光又向衆人一掃，見林平之神情最漫不在乎，問道：「是這少年會使嗎？」余滄海道：「佩服，佩服！木大俠果然眼光高明，一眼便瞧了出來。」

木高峯上上下下的打量林平之，見他服飾華麗，便如是個家財豪富的公子哥兒，心想：「余矮子這麼說，定有陰謀詭計要對付我。對方人多，好漢不吃眼前虧，不用跟他們糾纏，及早動身的爲是，只要岳不羣的女兒在我手中，不怕他不拿劍譜來贖。」當即打個哈哈，說道：「余矮子，多日不見，你還是這麼愛開玩笑。駝子今日有事，恕不奉陪了。辟邪劍法也好，降魔劍法也好，駝子從來就沒放在心上，再見了。」這句話一說完，身子彈起，已落上馬背，身法敏捷之極。

便在這時，衆人只覺眼前一花，似乎見到林平之躍了出去，攔在木高峯馬前，但隨即又見他摺扇輕搖，坐在板桌之旁，卻似從未離座。衆人正詫異間，木高峯一聲吆喝，催馬便行。但令狐冲、盈盈、余滄海這等高手，卻淸淸楚楚見到林平之曾伸手向木高峯的坐騎點了兩下，定是做了手腳。

果然那馬奔出幾步，驀地一頭撞在草棚柱上。這一撞力道極大，半邊草棚登時塌下。余滄海一躍而起，縱出棚外。令狐冲與林平之等人頭上都落滿了麥桿茅草。鄭萼伸手爲令狐冲撥開頭上柴草。林平之卻毫不理會，目不轉睛的瞪視著木高峯。

木高峯微一遲疑，縱下馬背，放開了轠繩。那馬衝出幾步，又一頭撞在一株大樹上，一聲長嘶，倒在地下，頭上滿是鮮血。這馬的行動如此怪異，顯是雙眼盲了，自是林平之適才以快速無倫的手法刺瞎了馬眼。

林平之用摺扇慢慢撥開自己左肩上的茅草，說道：「盲人騎瞎馬，可危險得緊哪！」

木高峯哈哈一笑，說道：「小子囂張狂妄，果然有兩下子。余矮子說你會使辟邪劍法，不妨便使給老爺瞧瞧。」林平之道：「不錯，我確是要使給你看。你爲了想看我家的辟邪劍法，害死了我爹爹媽媽，罪惡之深，跟余滄海也不相上下。」

木高峯大吃一驚，沒想到眼前這公子哥兒便是林震南的兒子，暗自盤算：「他膽敢如此向我挑戰，當然是有恃無恐。他五嶽劍派已聯成一派，這些恆山派的尼姑自然都是他幫手了。」心念一動，回手便向岳靈珊抓去，心想：「敵衆我寡，這小娘兒原來是他老婆，挾制了她，這小子還不服服貼貼嗎？」

突然背後風聲微動，一劍劈到。木高峯斜身閃開，卻見這一劍竟是岳靈珊所劈。原來盈盈已割斷了縛在她手上的繩索，解開了她身上被封穴道，再將一柄長劍遞在她手中。岳靈珊揮劍將木高峯逼開，只覺傷口劇痛，穴道給封了這麼久，四肢酸麻，心下雖怒，卻也不再追擊。

林平之冷笑道：「枉爲你也是成名多年的武林人物，竟如此無恥。你若想活命，爬在地下向爺爺磕三個響頭，叫三聲『爺爺』，我便讓你多活一年。一年之後，再來找你如何？」木高峯仰天打個哈哈，說道：「你這小子，那日在衡山劉正風家中，扮成了駝子，向我磕頭，大叫『爺爺』，拚命要爺爺收你爲徒。爺爺不肯，你才投入了岳老兒的門下，騙到了個老婆，是不是呢？」

林平之不答，目光中滿是怒火，臉上卻又大有興奮之色，摺扇一攏，交於左手，右手撩起袍角，跨出草棚，直向木高峯走去。薰風過處，人人聞到一陣香氣。

忽聽得啊啊兩聲響，青城派中于人豪、吉人通臉色大變，胸口鮮血狂湧，倒了下去。旁人都不禁驚叫出聲，明明眼見他要出手對付木高峯，不知如何，竟會拔劍刺死了于吉二人。他拔劍殺人之後，立即還劍入鞘，除了令狐冲等幾個高手之外，但覺寒光一閃，都沒瞧清楚他如何拔劍，更不用說見他如何揮劍殺人了。

令狐冲心頭閃過一個念頭：「我初遇田伯光的快刀之時，也難以抵擋，待得學了獨孤九劍，他的快刀在我眼中便已殊不足道。然而林平之這快劍，田伯光只消遇上了，只怕擋不了三劍。我呢？我能擋得了幾劍？」霎時之間，手掌中全是汗水。

木高峯在腰間一掏，抽出一柄劍。他這把劍的模樣可奇特得緊，彎成弧形，人駝劍亦駝，乃是一柄駝劍。林平之微微冷笑，一步步向他走去。突然間木高峯大吼一聲，有如狼嗥，身子撲前，駝劍劃了個弧形，向林平之脅下勾到。林平之長劍出鞘，反刺他前胸。這一劍後發先至，既狠且準，木高峯又一聲大吼，身子彈了出去，只見他胸前棉襖破了一條大縫，露出胸膛上的一叢黑毛。林平之這一劍只須再遞前兩寸，木高峯便是破胸開膛之禍。眾人「哦」的一聲，無不駭然。

木高峯這一招死裏逃生，可是這人兇悍之極，竟無絲毫懼意，吼聲連連，連人帶劍的向林平之撲去。

林平之連刺兩劍，噹噹兩聲，都給駝劍擋開。林平之一聲冷笑，出招越來越快。木高峯竄高伏低，一柄駝劍使得便如是一個劍光組成的鋼罩，將身子罩在其內。林平之長劍刺入，和他駝劍相觸，手臂便一陣酸痳，顯然對方內力比自己強得太多，稍有不慎，長劍還會給他震飛。這麼一來，出招時便不敢托大，看準了他空隙再以快劍進襲。木高峯只管自行使劍，一柄駝劍運轉得風雨不透，竟不露絲毫空隙。林平之劍法雖高，一時卻也奈何他不得。但如此打法，林平之畢竟是立於不敗之地，縱然無法傷得對方，木高峯可並無還手的餘地。各高手都看了出來，只須木高峯一加還擊，劍網便會露出空隙，林平之快劍一擊，他絕無抵擋之能。這般運劍如飛，最耗內力，每一招都須出盡全力，方能使後一招與前一招如水流不斷，前力與後力相續。可是不論內力如何深厚，終不能永耗不竭。

在那駝劍所交織的劍網之中，木高峯吼聲不絕，忽高忽低，吼聲和劍招相互配合，神威凜凜。林平之幾次想要破網直入，總是給駝劍擋了出來。

余滄海觀看良久，忽見劍網的圈子縮小了半尺，顯然木高峯的內力漸有不繼。他一聲清嘯，提劍而上，唰唰唰急攻三劍，盡是指向林平之背心要害。林平之迴劍擋架。木高峯駝劍揮出，疾削林平之下盤。余滄海與木高峯兩個成名前輩，合力夾擊一個少年，按理說實在大失面子。但恆山派衆人一路看到林平之戕殺青城弟子，下手狠辣，絕不容情，余滄海非他敵手，這時眼見二大高手合力夾攻，均不以爲奇，反覺理所固然。木余二人若不聯手，如何抵擋得了林平之勢若閃電的快劍？

既得余滄海聯手，木高峯劍招便變，有攻有守。三人堪堪又拆了二十餘招，林平之左手一圈，倒轉扇柄，驀地刺出，扇子柄上突出一枝寸半長的尖針，刺在木高峯右腿「環跳穴」上。木高峯一驚，駝劍急掠，只覺左腿穴道上也是一麻。他不敢再動，狂舞駝劍護身，雙腿漸漸無力，不由自主的跪下來。

林平之哈哈大笑，叫道：「你這時候跪下磕頭，未免遲了！」說話之時，向余滄海急攻三招。

木高峯雙腿跪地，手中駝劍絲毫不緩，急砍急刺。他知已然輸定，每一招都是與敵人同歸於盡的拚命打法。初戰時他只守不攻，此刻卻豁出了性命，變成只攻不守。

余滄海也知時不我與，若不在數招之內勝得對手，木高峯一倒，自己孤掌難鳴，一柄劍使得有如狂風驟雨一般。突然間只聽得林平之一聲長笑，他雙眼一黑，再也瞧不見甚麼了，跟著雙肩一涼，兩條手臂離身飛出。

只聽得林平之狂笑叫道：「我不來殺你！讓你既無手臂，又沒眼睛，一個人獨闖江湖。你的弟子、家人，我卻要殺得一個不留，教你在這世上只有仇家，並無親人。」余滄海只覺斷臂處劇痛難當，心中卻甚明白：「他如此處置我，可比一劍殺了我殘忍萬倍。我這等活在世上，便是一個絲毫不會武功之人，也可任意凌辱折磨我。」他辨明聲音，舉頭向林平之懷中撞去。

林平之縱聲大笑，側身退開。他大仇得報，狂喜之餘，未免不夠謹慎，兩步退到了木高峯身邊。木高峯駝劍狂揮而來，林平之豎劍擋開，突然間雙腿一緊，已給木高峯牢牢抱住。林平之吃了一驚，見四下裏數十名青城弟子撲將上來，雙腿力掙，卻掙不脫木高峯手臂猶似鐵圈般的緊箍，當即挺劍向他背上駝峯直刺下去。波的一聲響，駝峯中一股黑水激射而出，腥臭難當。

這一下變生不測，林平之雙足急登，欲待躍開閃避，卻忘了雙腿已爲木高峯抱住，登時滿臉都讓臭水噴中，劇痛入心，縱聲大叫。原來木高峯駝背之中，暗藏毒水皮囊，這些臭水竟是劇毒之物。林平之左手擋住了臉，閉著雙眼，挺劍在木高峯身上亂刺亂斬。

這幾劍出手快極，木高峯絕無閃避餘裕，只牢牢抱住林平之的雙腿。便在這時，余滄海憑著二人叫喊之聲，辨別方位，撲將上來，張嘴便咬，一口咬住林平之右頰，再也不放。三人纏成一團，都已神智迷糊。青城派弟子提劍紛向林平之身上斬去。

令狐冲在車中看得分明，初時大爲驚駭，待見林平之受纏，青城羣弟子提劍上前，急叫：「盈盈，盈盈，你快救他！」

盈盈縱身上前，短劍出手，噹噹噹響聲不絕，將青城羣弟子擋在數步之外。木高峯狂吼之聲漸歇，林平之兀自一劍一劍的往他背上揷落。余滄海全身是血，始終牢牢咬住了林平之的面頰。過了好一會，林平之左手使力推出，將余滄海推得飛了出去，他同時長聲慘呼，但見他右頰上血淋淋地，竟給余滄海硬生生的咬下一塊肉來。木高峯早已氣絕，卻仍緊緊抱住林平之的雙腿。林平之左手摸準了他手臂的所在，提劍一劃，割斷了他兩條手臂，這才得脫糾纏。盈盈見到他神色可怖，不由自主的倒退了幾步。

青城弟子紛紛擁到師父身旁施救，也不再來理會林平之這強仇大敵了。

忽聽得青城羣弟子哭叫：「師父，師父！」「師父死了，師父死了！」衆人抬了余滄海的屍身，遠遠逃開，唯恐林平之再來追殺。

林平之哈哈大笑，叫道：「我報了仇啦，我報了仇啦！」

恆山派衆弟子見到這驚心動魄的變故，無不駭然失色。

岳靈珊慢慢走到林平之身畔，說道：「平弟，恭喜你報了大仇。」林平之仍狂笑不已，大叫：「我報了仇啦，我報了仇啦！」岳靈珊見他雙目緊閉，道：「你眼睛怎樣了？那些毒水得洗一洗。」林平之一呆，身子一晃，險些摔倒。岳靈珊伸手托在他腋下，扶著他一步一拐的走入草棚，端了一盤清水，從他頭上淋下去。林平之縱聲大叫，聲音慘厲，顯然痛楚難當。

站在遠處的青城羣弟子都嚇了一跳，又逃出了幾步。

令狐冲道：「小師妹，你拿些傷藥去，給林師弟敷上。扶他到我們的車中休息。」岳靈珊道：「多……多謝。」林平之大聲道：「不要！要他賣甚麼好！姓林的是死是活，跟他有甚相干？」令狐冲一怔，心想：「我幾時得罪你了？爲甚麼你這麼恨我？」岳靈珊柔聲道：「恆山派的治傷靈藥，天下有名，難得……」林平之怒道：「難得甚麼？」岳靈珊嘆了口氣，又將一盆清水輕輕從他頭頂淋下。這一次林平之卻只哼了一聲，咬緊牙關，沒再呼叫，說道：「他對你這般關心，你又一直說他好，為甚麼不跟了他去？你還理我幹麼？」

恆山羣弟子聽了他這句話，盡皆相顧失色。儀和大聲道：「你……你……竟敢說這等不要臉的話？」儀淸忙拉了拉她袖子，勸道：「師姊，他傷得這個樣子，心情不好，何必跟他一般見識？」儀和怒道：「呸！我就是氣不過……」

這時岳靈珊拿了一塊手帕，正在輕按林平之面頰上的傷口。林平之突然右手用力一推。岳靈珊全沒防備，立時摔了出去，砰的一聲，撞在草棚外的一堵土牆上。

令狐冲大怒，喝道：「你……」但隨即想起，他二人乃是夫妻，夫妻間口角爭執，甚至打架，旁人也不便干預，何況聽林平之的言語，顯是對自己頗有疑忌，話中大含醋意，自己一直苦戀小師妹，林平之當然知道，他重傷之際，自己更不能介入其間，當即強行忍住，但已氣得全身發抖。

林平之冷笑道：「我說話不要臉？到底是誰不要臉了？」手指草棚之外，說道：「這姓余的矮子、姓木的駝子，他們想得我林家的辟邪劍法，便出手硬奪，害死我父親母親，雖然兇狠毒辣，還不失為江湖上惡漢光明磊落的行逕，那像……」回身指向岳靈珊，續道：「那像你的父親偽君子岳不羣，卻以卑鄙奸猾的手段，來謀取我家劍譜。」

岳靈珊正扶著土牆，慢慢站起，聽他這麼說，身子一顫，復又坐倒，顫聲道：「那……那有此事？」

林平之冷笑道：「無恥賤人！你父女倆串謀好了，引我上鉤。華山派掌門的岳大小姐，下嫁我這窮途末路、無家可歸的小子，那爲了甚麼？還不是爲了我林家的辟邪劍譜。劍譜既已騙到了手，還要我姓林的幹甚麼？」

岳靈珊「啊」的一聲，哭了出來，哭道：「你……冤枉好人，我若有此意，教我……教我天誅地滅。」

林平之道：「你們暗中設下奸計，我初時蒙在鼓裏，毫不明白。此刻我雙眼盲了，反更加看得清清楚楚。你父女倆若非有此存心，爲甚麼……爲甚麼……」

岳靈珊慢慢走到他身畔，說道：「你別胡思亂想，我對你的心，跟從前沒半點分別。」林平之哼了一聲。岳靈珊道：「咱們回去華山好好養傷。你眼睛好得了也罷，好不了也罷。我岳靈珊如有三心兩意，教我……教我死得比這余滄海還慘。」林平之冷笑道：「也不知你心中又在打甚麼鬼主意，來對我這等花言巧語。」

岳靈珊不再理他，向盈盈道：「姊姊，我想跟你借一輛大車。」盈盈道：「自然可以。請兩位恆山派的師姊送你們一程，好不好？」岳靈珊不住嗚咽，道：「不……不用了，多……多謝。」盈盈拉過一輛車來，將騾子的韁繩和鞭子交在她手裏。

岳靈珊扶著林平之的手臂，道：「上車罷！」林平之顯是極不願意，但雙目不能見物，實是寸步難行，遲疑了一會，終於躍入車中。岳靈珊咬牙跳上趕車的座位，向盈盈點了點頭示謝，鞭子一揮，趕車向西北行去，向令狐冲卻始終一眼不瞧。

令狐冲目送大車越走越遠，心中一酸，眼淚便欲奪眶而出，心想：「林師弟雙目已盲，小師妹又受了傷。他二人無依無靠，漫漫長路，如何是好？倘若青城派弟子追去尋仇，怎生抵敵？」眼見青城羣弟子裹了余滄海的屍身，放上馬背，向西南方行去，雖和林平之、岳靈珊所行方向相反，焉知他們行得十數里後，不會折而向北，又向林平之夫婦趕去？再琢磨林平之和岳靈珊二人適才那一番話，只覺中間實藏著無數隱情，夫妻間的恩怨愛憎，雖非外人所得與聞，但林岳二人婚後定非和諧，當可斷言；想到小師妹青春年少，父母愛如掌珠，同門師兄弟對她無不敬重愛護，卻受林平之這等折辱，不自禁的流下淚來。

當日衆人只行出十餘里，便在一所破祠堂中歇宿。令狐冲睡到半夜，好幾次均爲噩夢所纏，昏昏沉沉中忽聽得一縷微聲鑽入耳中，有人在叫：「冲哥，冲哥！」令狐冲嗯了一聲，醒了過來，只聽得盈盈的聲音道：「你到外面來，我有話說。」

令狐冲忙即坐起，走到祠堂外，只見盈盈坐在石級上，雙手支頤，望著白雲中半現的明月。令狐冲走到她身邊，和她並肩而坐。夜深人靜，四下裏半點聲息也無。

過了好一會，盈盈道：「你在掛念小師妹？」令狐冲道：「是。許多情由，令人好生難以明白。」盈盈道：「你躭心她受丈夫欺侮？」令狐冲嘆了口氣，道：「他夫妻倆的事，旁人又怎管得了？」盈盈道：「你怕青城弟子趕去向他們生事？」令狐冲道：「青城弟子痛於師仇，又見到他夫妻已然受傷，趕去意圖加害，也是情理之常。」盈盈道：「你怎不設法前去相救？」令狐冲又嘆了口氣，道：「聽林師弟的語氣，對我頗有疑忌之心。我雖好意援手，只怕更傷了他夫妻間的和氣。」

盈盈道：「這是其一。你心中另有顧慮，生怕令我不快，是不是？」令狐冲點了點頭，伸出手去握住她左手，只覺她手掌甚涼，柔聲道：「盈盈，在這世上，我只有你一人，倘若你我之間也生了嫌隙，做人還有甚麼意味？」

盈盈緩緩將頭倚過去，靠在他肩上，說道：「你心中既這樣想，你我之間又怎會生甚麼嫌隙？事不宜遲，咱們就追趕前去，別要爲了避甚麼嫌疑，致貽終生之恨。」令狐冲矍然而驚：「致貽終身之恨，致貽終生之恨！」似乎眼見數十名青城弟子正圍在林平之、岳靈珊所乘大車之旁，數十柄長劍正在向車中亂刺狠戳，不由得身子一顫。

盈盈道：「我去叫醒儀和、儀清兩位姊姊，你吩咐她們自行先回恆山，咱們暗中護送你小師妹一程，再回白雲庵去。」

儀和與儀清見令狐冲傷勢未愈，頗不放心，然見他心志已決，急於救人，也不便多勸，只得奉上一大包傷藥，送著他二人上車馳去。

當令狐冲向儀和、儀清吩咐之時，盈盈站在一旁，轉過了頭，不敢向儀和、儀清瞧上一眼，心想自己和令狐冲孤男寡女，同車夜行，只怕爲她二人所笑，直到騾車行出數里，這才吁了口氣，頰上紅潮漸漸退。

她辨明了道路，向西北而行，此去華山，只一條官道，料想不會岔失。拉車的是匹健騾，腳程甚快，靜夜之中，只聽得車聲轔轔，蹄聲得得，更無別般聲息。

令狐冲心下好生感激，尋思：「她爲了我，甚麼都肯做。她明知我牽記小師妹，便和我同去保護。這等紅顏知己，令狐冲不知是前生幾世修來？」

盈盈趕著騾子，疾行數里，又緩了下來，說道：「咱們暗中保護你師妹、師弟。他們倘若遇上危難，咱們被迫出手，最好不讓他們知道。我看咱們還是易容改裝的爲是。」令狐冲道：「正是。你還是扮成那大鬍子罷！」盈盈搖搖頭道：「不行了。在封禪台側我現身扶你，你小師妹已瞧在眼裏了。」令狐冲道：「那改成甚麼才好？」

盈盈伸鞭指著前面一間農舍，說道：「我去偷幾件衣服來，咱二人扮成一……一……兩個鄉下兄妹罷。」她本想說「一對」，話到口邊，覺得不對，立即改爲「兩個」。令狐冲自已聽了出來，知她最會害羞，不敢隨便出言說笑，只微微一笑。盈盈正好轉過頭來，見到他的笑容，臉上一紅，問道：「有甚麼好笑？」令狐冲微笑道：「沒甚麼？我是在想，倘若這家鄉下人沒年輕女子，只有一位老太婆，一個小孩兒，那我又得叫你婆婆了。」

盈盈噗哧一笑，記起當日和令狐冲初識，他一直叫自己婆婆，心中感到無限溫馨，躍下騾車，向那農舍奔去。

令狐冲見她輕輕躍入牆中，跟著有犬吠之聲，但只叫得一聲，便沒了聲息，想是給盈盈一腳踢暈了。過了好一會，見她捧著一包衣物奔了出來，回到騾車之畔，臉上似笑非笑，神氣甚爲古怪，突然將衣物往車中一拋，伏在車轅上吃吃而笑。

令狐冲提起幾件衣服，月光下看得分明，竟然便是老農夫和老農婦的衣服，尤其那件農婦的衫子十分寬大，鑲著白底青花的花邊，式樣古老，並非年輕農家姑娘或媳婦的衣衫。這些衣物中還有男人的帽子，女裝的包頭，又有一根旱煙筒。

盈盈笑道：「你是令狐半仙，猜到這鄉下人家有個婆婆，只可惜沒孩兒……」說到這裏，便紅著臉住了口。令狐冲微笑道：「原來他們是兄妹二人，這兩兄妹當眞要好，一個不娶，一個不嫁，活到七八十歲，還是住在一起。」盈盈笑著啐了一口，道：「你明知不是的。」令狐冲道：「不是兄妹麼？那可奇了。」

盈盈忍不住好笑，當下在騾車之後，將老農婦的衫裙罩在衣衫之上，又將包頭包在自己頭頂，雙手在道旁抓些泥塵，抹在自己臉上，這才幫著令狐冲換上老農的衣衫。令狐冲和她臉頰相距不過數寸，但覺她吹氣如蘭，不由得心中一蕩，便想伸手摟住她親上一親，只是想到她爲人端嚴，半點褻瀆不得，要是冒犯了她，惹她生氣，有何後果可難以料想，當即收攝心神，一動也不敢動。

他眼神突然顯得輕狂異樣、隨又莊重克制之態，盈盈都瞧得分明，微笑道：「乖孫子，婆婆這才疼你。」伸出手掌，將滿掌泥塵往他臉上抹去。令狐冲閉住眼，只感她掌心溫軟柔滑，在自己臉上輕輕的抹來抹去，說不出的舒服，只盼她永遠的這麼撫摸不休。過了一會，盈盈道：「好啦，黑夜之中，你小師妹一定認不出，只小心別開口。」令狐冲道：「我頭頸中也得抹些塵土才是。」

盈盈笑道：「誰瞧你頭頸了？」隨即會意，令狐冲是要自己伸手去撫摸他頭頸，彎起中指，在他額頭輕輕打個爆栗，回身坐在車夫位上，一聲呼哨，趕騾便行，突然間忍不住好笑，越笑越大聲，竟彎住了腰，難以坐直。

令狐冲微笑道：「你在那鄉下人家見到了甚麼？」

盈盈笑道：「還不是見到了好笑的事。那老公公和老婆婆是……是夫妻兩個……」令狐冲笑道：「原來不是兄妹，是夫妻兩個。」盈盈道：「你再跟我胡鬧，不說了。」令狐冲道：「好，他們不是夫妻，是兄妹。」

盈盈道：「你別打岔，成不成？我跳進牆去，一隻狗叫了起來，我便將狗子拍暈了。那知這麼一叫，便將那老公公和老婆婆吵醒了。老婆婆說：『阿毛爹，別是黃鼠狼來偷鷄。』老公公說：『老黑又不叫了，不會有黃鼠狼的。』老婆婆忽然笑了起來，說道：『只怕那黃鼠狼學你從前的死樣，半夜三更摸到我家裏來時，總是帶一塊牛肉、騾肉來餵狗。』」

令狐冲微笑道：「這老婆婆眞壞，她繞著彎兒罵你是黃鼠狼。」他知盈盈最爲靦腆，她說到那老農夫婦當年的私情，自己只有假裝全然不懂，她或許還會說下去，否則自己言語中只須帶上一點兒情意，她立時便住口了。

盈盈笑道：「那老婆婆是在說他們沒成親時的事……」說到這裏，挺腰一提韁繩，騾子又快跑起來。令狐冲道：「沒成親時怎樣啦？他們一定規矩得很，半夜三更就是一起坐在大車之中，也一定不敢抱一抱，親一親。」盈盈呸了一聲，不再說了。令狐冲道：「好妹子，親妹子，他們說些甚麼，你說給我聽。」盈盈微笑不答。

黑夜之中，但聽得騾子的四隻蹄子打在官道之上，清脆悅耳。令狐冲向外望去，月色如水，瀉在一條既寬且直的官道上，輕煙薄霧，籠罩在道旁樹梢，騾車緩緩駛入霧中，遠處景物便看不分明，盈盈的背脊也裹在一層薄霧之中。其時正當入春，野花香氣忽濃忽淡，微風拂面，說不出的歡暢。令狐冲久未飲酒，此刻情懷，卻正如微醺薄醉一般。

盈盈臉上一直帶著微笑，她在回想那對老農夫婦的談話：

老公公道：「那一晚屋裏半兩肉也沒有，只好到隔壁人家偷一隻鷄殺了，拿到你家來餵你的狗。那隻狗叫甚麼名字啊？」老婆婆道：「叫大花。」老公公道：「對啦，叫大花。牠吃了半隻鷄，乖乖的一聲不出，你爹爹、媽媽甚麼也不知道。咱們的阿毛，就是這一晚有了的。」老婆婆道：「你就只管自己，也不理人家死活。後來我肚子大了，爹爹把我打得死去活來。」老公公道：「幸虧你肚子大了，否則的話，你爹怎肯把你嫁給我這窮小子？那時候哪，我巴不得你肚子快大！」老婆婆忽然發怒，罵道：「你這死鬼，原來你是故意的，你一直瞞著我，我……我決不能饒你。」老公公道：「別吵，別吵！阿毛也生了孩子啦，你還吵甚麼？」

當下盈盈生怕令狐冲記掛，不敢多聽，偷了衣服物品便走，在桌上放了一大錠銀子。她輕手輕腳，這一對老夫婦一來年老遲鈍，二來說得興起，竟渾不知覺。

盈盈想著他二人的說話，突然間面紅過耳，幸好是在黑夜之中，否則教令狐冲見到自己臉色，那眞不用做人了。

她不再催趕騾子，大車行得漸漸慢了，行了一程，轉了個彎，來到一座大湖之畔。湖旁都是垂柳，圓圓的月影倒映湖中，湖面水波微動，銀光閃閃。

盈盈輕聲問道：「冲哥，你睡著了嗎？」令狐冲道：「我睡著了，我正在做夢。」盈盈道：「你在做甚麼夢？」令狐冲道：「我夢見帶了一大塊牛肉，摸到黑木崖上，去餵你家的狗。」盈盈笑道：「你爲人不正經，做的夢也不正經。」

兩人並肩坐在車中，望著湖水。令狐冲伸過右手，按在盈盈左手的手背上。盈盈的手微微一顫，卻不縮回。令狐冲心想：「若得永遠如此，不再見到武林中的腥風血雨，便叫我做神仙，也沒這般快活。」

盈盈道：「你在想甚麼？」令狐冲將適才心中所想說了出來。盈盈反轉左手，握住了他右手，說道：「冲哥，我眞快活。」令狐冲道：「我也一樣。」盈盈道：「你率領羣豪攻打少林寺，我雖感激，可也沒此刻歡喜。倘若我是你的好朋友，陷身少林寺中，你爲了江湖上的義氣，也會奮不顧身前來救我。可是這時候你只想到我，沒想到你小師妹……」

她提到「你小師妹」四字，令狐冲全身一震，脫口而出：「啊喲，咱們快些趕去！」

盈盈輕輕的道：「直到此刻我才相信，在你心中，你終於是念著我多些，念著你小師妹少些。」她輕拉韁繩，轉過騾頭，騾車從湖畔回上了大路，揚鞭一擊，騾子快跑起來。

這一口氣直趕出了二十餘里，騾子腳力已疲，這才放緩腳步。轉了兩個彎，前面一望平陽，官道旁都種滿了高粱，溶溶月色之下，便似是一塊極大極大的綠綢，平鋪於大地。極目遠眺，忽見官道彼端有一輛大車似乎停著不動。令狐冲道：「這輛大車，好像就是林師弟他們的。」盈盈道：「咱們慢慢上去瞧瞧。」她輕勒韁繩，令騾子慢行，車聲不響，以免林平之察覺。

行了一會，才發覺前車其實也在行進，只行得慢極，又見騾子旁有一人步行，竟是林平之，趕車之人看背影便是岳靈珊。

令狐沖好生詫異，伸出手去一勒韁繩，不令騾子向前，低聲道：「那是幹甚麼？」盈盈道：「你在這裏等著，我過去瞧瞧。」若趕車上前，立時便給對方發覺，須得施展輕功，暗中偷窺。令狐沖很想同去，但傷處未愈，輕功提不起來，只得點頭道：「好！」

盈盈輕躍下車，鑽入了高粱叢中。高粱生得極密，一入其中，便在白天也看不到人影，只是其時高粱桿子尚矮，葉子也未茂密，不免露頭於外。她彎腰而行，辨明蹄聲的所在，趕上前去，在高粱叢中與岳靈珊的大車並肩而行。

只聽得林平之說道：「我的劍譜早已盡數交給你爹爹了，自己沒私自留下一招半式，你又何必苦苦跟著我？」岳靈珊道：「你老是疑心我爹爹圖謀你的劍譜，當眞好沒來由。你憑良心說，你初入華山門下，那時又沒甚麼劍譜，可是我早就跟你……跟你很好了，難道也別有居心嗎？」林平之道：「我林家的辟邪劍法天下知名，余滄海、木高峯他們在我爹爹身上搜查不得，便來找我。我怎知你不是受了爹爹、媽媽的囑咐，故意來向我賣好？」岳靈珊嗚咽道：「你眞要這麼想，我又有甚麼法子？」

林平之氣忿忿的道：「難道是我錯怪了你？這辟邪劍譜，你爹爹不是終於從我手中得去了嗎？誰都知道，要得辟邪劍譜，總須向我這姓林的傻小子身上打主意。余滄海、木高峯，哼哼，岳不羣，有甚麼分別了？只不過岳不羣成則爲王，余滄海、木高峯敗則爲寇而已。」

岳靈珊怒道：「你如此損我爹爹，當我是甚麼人了？若不是……若不是……哼哼……」林平之站定了腳步，大聲道：「你要怎樣？若不是我瞎了眼，受了傷，你便要殺我，是不是？我一雙眼睛，又不是今天才瞎的。」岳靈珊道：「原來你當初識得我，跟我要好，就是瞎了眼睛。」勒住韁繩，騾車停了下來。

林平之道：「正是！我怎知你如此深謀遠慮，爲了一部辟邪劍譜，竟會到福州來開小酒店？青城派那姓余的小子欺侮你，其實你武功比他高得多，可是你假裝不會，引得我出手。哼，林平之，你這早瞎了眼睛的渾小子，憑這一手三腳貓的功夫，居然膽敢行俠仗義，打抱不平？你是爹娘的心肝肉兒，他們若不是有重大圖謀，怎肯讓你到外邊拋頭露面、幹這當鑪賣酒的低三下四勾當？」

岳靈珊道：「爹爹本是派二師哥去福州的。是我想下山來玩兒，定要跟著二師哥去。」林平之道：「你爹爹管治門人弟子如此嚴厲，倘若他認爲不妥，便任你跪著哀求三日三夜，也決不會准許。只因他信不過二師哥，這才派你在旁監視。」

岳靈珊默然，似乎覺得林平之的猜測也非全然沒道理，隔了一會，說道：「你信也好，不信也好，總之我到福州之前，從未聽見過『辟邪劍譜』四字。爹爹只說，大師哥打了青城弟子，雙方生了嫌隙，現下青城派人衆大舉東行，只怕於我派不利，因此派二師哥和我去暗中查察。」

林平之嘆了口氣，似乎心腸軟了下來，說道：「好罷，我便再信你一次。可是我已變成這樣子，你跟著我又有甚麼意思？你我僅有夫妻之名，並無夫妻之實。你還是處女之身，這就回頭……回頭到令狐冲那裏去罷！」

盈盈一聽到「你我僅有夫妻之名，並無夫妻之實，你還是處女之身」這句話，不由得吃了一驚，心道：「那是甚麼緣故？」隨即羞得滿面通紅，連脖子中也熱了，心想：「女孩兒家去偷聽人家夫妻的私話，已大大不該，卻又去想那是甚麼緣故，眞是……眞是……」轉身便行，但只走得幾步，想到林平之那句「回頭到令狐冲那裏去罷」，這事跟自己切身有關，好奇心大盛，再也按捺不住，當即停步，側耳又聽，但心下害怕，不敢回到先前站立處，和林岳二人便相隔遠了些，但二人的話聲仍淸晰入耳。

只聽岳靈珊幽幽的道：「我只和你成親三日，便知你心中恨我極深，雖和我同房，卻不肯和我同床。你既這般恨我，又何必……何必……娶我？」林平之嘆了口氣，說道：「我沒恨你。」岳靈珊道：「你不恨我？那爲甚麼日間假情假意，對我親熱之極，一等晚上回到房中，連話也不跟我說一句？爸爸媽媽幾次三番查問你待我怎樣，我總是說你很好，很好，很好……哇……」說到這裏，突然縱聲大哭。

林平之一躍上車，雙手握住她肩膀，厲聲道：「你說你爹媽幾次三番的查問，要知道我待你怎樣，此話當眞？」岳靈珊嗚咽道：「自然是眞的，我騙你幹麼？」林平之問道：「明明我待你不好，從來沒跟你同床。那你又爲甚麼說很好？」岳靈珊泣道：「我既嫁了你，便是你林家的人了。只盼你不久便回心轉意。我對你一片眞心，我……我怎可編排自己夫君的不是？」

林平之半晌不語，只咬牙切齒，過了好一會，才慢慢的道：「哼，我只道你爹爹顧念著你，對我還算手下留情，豈知全仗你從中遮掩。你若不是這麼說，姓林的早就死在華山之巓了。」

岳靈珊抽抽噎噎的道：「那有此事？夫妻倆新婚，便有些小小不和，做岳父的豈能爲此而將女婿殺了？」

盈盈聽到這裏，慢慢向前走了幾步。

林平之恨恨的道：「他要殺我，不是爲我待你不好，而是爲我學了辟邪劍法。」

岳靈珊道：「這件事我可眞不明白了。你和爹爹這幾日來所使的劍法古怪之極，但威力卻又強大無比。爹爹打敗左冷禪，奪得五嶽派掌門，你殺了余滄海、木高峯，難道……難道這當眞便是辟邪劍法嗎？」

林平之道：「正是！這便是我福州林家的辟邪劍法！當年我曾祖遠圖公以這七十二路劍法威懾羣邪，創下『福威鏢局』的基業，天下英雄，無不敬仰，便是由此。」他說到這件事時，聲音也響了起來，語音中充滿了得意之情。

岳靈珊道：「可是，你一直沒跟我說已學會了這套劍法。」林平之道：「我怎麼敢說？令狐沖在福州搶到了那件袈裟，畢竟還是拿不去，只不過錄著劍譜的這件袈裟，卻落入了你爹爹手中……」岳靈珊尖聲叫道：「不，不會的！爹爹說，劍譜給大師哥拿了去。我曾求大師哥還給你，他說甚麼也不肯。」林平之哼的一聲冷笑。岳靈珊又道：「大師哥劍法厲害，連爹爹也敵他不過，難道他所使的不是辟邪劍法？不是從你家的辟邪劍譜學的？」

林平之又一聲冷笑，說道：「令狐沖雖然奸猾，比起你爹爹來，可又差得遠了。再說，他的劍法亂七八糟，怎能跟我家的辟邪劍法相比？在封禪台側比武，他連你也比不過，在你劍底受了重傷，哼哼，又怎能跟我家的辟邪劍法相比？」岳靈珊低聲道：「他是故意讓我的。」林平之冷笑道：「他對你的情義可深著哪！」

這句話盈盈倘若早一日聽見，雖早知令狐沖比劍時故意容讓，仍會惱怒之極，可是今宵二人良夜同車，湖畔清談，已然心意相照，她心中反而感到一陣甜蜜：「他從前確是對你很好，可是現下卻待我更加好得多了。這可怪不得他，不是他對你變心，實在是你欺侮得他太也狠了。」

岳靈珊道：「原來大師哥所使的不是辟邪劍法，那為甚麼爹爹一直怪他偷了你家的辟邪劍譜？那日爹爹將他逐出華山門牆，宣布他罪名之時，那也是一條大罪。這麼說來，我……我可錯怪他了。」林平之冷笑道：「有甚麼錯怪？令狐冲又不是不想奪我的劍譜，實則他確已奪去了。只不過強盜遇著賊爺爺，他重傷之後，暈了過去，你爹爹從他身上搜了出來，乘機賴他偷了去，以便掩人耳目，這叫做賊喊捉賊……」岳靈珊怒道：「甚麼賊不賊的，說得這麼難聽！」林平之道：「你爹爹做這種事，就不難聽？他做得，我便說不得？」

岳靈珊嘆了口氣，說道：「那日在向陽巷中，這件袈裟給嵩山派的壞人奪了去。大師哥殺了這二人，將袈裟奪回，未必是想據為己有。大師哥氣量大得很，從小就不貪圖旁人的物事。爹爹說他取了你的劍譜，我一直有點懷疑，只是爹爹既這麼說，又見大師哥劍法突然大進，連爹爹也及不上，這才不由得不信。」

盈盈心道：「你能說這幾句話，不枉了冲郎愛你一場。」

林平之冷笑道：「他這麼好，你為甚麼又不跟他去？」岳靈珊道：「平弟，你到此刻，還是不明白我的心。大師哥和我從小一塊兒長大，在我心中，他便是我的親哥哥一般。我對他敬重親愛，只當他是兄長，從來沒當他是情郎。自從你來到華山之後，我跟你說不出的投緣，只覺一刻不見，心中便拋不開，放不下，我對你的心意，永永遠遠也不會變。」

林平之道：「你和你爹爹原有些不同，你……你更像你媽媽。」語氣轉為柔和，顯然對岳靈珊的一片真情，心中也頗感動。

兩人半晌不語，過了一會，岳靈珊道：「平弟，你對我爹爹成見很深，你們二人今後在一起也不易和好的了。我是嫁鷄……我……我總之是跟定了你。咱們還是遠走高飛，找個隱僻的所在，快快活活的過日子。」

林平之冷笑道：「你倒想得挺美。我這一殺余滄海、木高峯，已鬧得天下皆知，你爹爹自然知道我已學了辟邪劍法，他又怎能容得我活在世上？」

岳靈珊嘆道：「你說我爹爹謀你的劍譜，事實俱在，我也不能為他辯白。但你口口聲聲說，為了你學過辟邪劍法，他定要殺你，天下焉有是理？辟邪劍譜本是你林家之物，你學這劍法乃天經地義，理所當然。我爹爹就算再不通情理，也決不能為此殺你。」

林平之道：「你這麼說，只因為你既不明白你爹爹為人，也不明白這辟邪劍譜到底是甚麼東西。」岳靈珊道：「我雖對你死心塌地，可是對你的心，我實在也不明白。」林平之道：「是了，你不明白！你當然不明白！你又何必要明白？」說到這裏，語氣又暴躁起來。

岳靈珊不敢再跟他多說，道：「嗯，咱們走罷！」林平之道：「上那裏去？」岳靈珊道：「你愛去那裏，我也去那裏。天涯海角，總是和你在一起。」林平之道：「你這話當眞？將來不論如何，可都不要後悔。」岳靈珊道：「我決心和你好，決意嫁你，早就打定了一輩子的主意，那裏還會後悔？你的眼睛受傷，又不是一定治不好，就算眞的難以復原，我也永遠陪著你，服侍你，直到我倆一起死了。」

這番話情意眞摯，盈盈在高粱叢中聽著，不禁心中感動。

林平之哼了一聲，似乎仍然不信。岳靈珊輕聲說道：「平弟，你心中仍然疑我。我……我……今晚甚麼都交了給你，你……你總信得過我了罷。我倆今晚在這裏洞房花燭，做眞正的夫妻，從今而後，做……眞正的夫妻……」她聲音越說越低，到後來已幾不可聞。

盈盈又一陣奇窘，不由得滿臉通紅，心想：「到了這時候，我再聽下去，以後還能做人嗎？」當即緩步移開，暗罵：「這岳姑娘眞不要臉！在這陽關大道之上，怎能……怎能……呸！」

猛聽得林平之一聲大叫，聲音淒厲，跟著喝道：「滾開！別過來！」盈盈大吃一驚，心道：「幹甚麼了？爲甚麼這姓林的這麼兇？」跟著便聽得岳靈珊哭了出來。林平之喝道：「走開，走開！快走得遠遠的，我寧可給你父親殺了，不要你跟著我。」岳靈珊哭道：「你這樣輕賤於我……到底……到底我做錯了甚麼……」林平之道：「我……我……」頓了一頓，又道：「你……你……」但又住口不說。

岳靈珊道：「你心中有甚麼話，儘管說個明白。倘若眞是我錯了，即或是你怪我爹爹，不肯原諒，你明白說一句，也不用你動手，我立即橫劍自刎。」嗆的一聲響，拔劍出鞘。

盈盈心道：「她這可要給林平之逼死了，非救她不可！」快步走回，離大車甚近，以便搶救。

林平之又道：「我……我……」過了一會，長嘆一聲，說道：「這不是你的錯，是我自己不好。」岳靈珊抽抽噎噎的哭個不停，又羞又急，又甚氣苦。林平之道：「好，我跟你說了便是。」岳靈珊泣道：「你打我也好，殺我也好，就別這樣教人家不明不白。」林平之道：「你既對我並非假意，我也就明白跟你說了，好教你從此死了這心。」岳靈珊道：「爲甚麼？」

林平之道：「爲甚麼？我林家的辟邪劍法，在武林中向來大大有名。余滄海和你爹爹都是一派掌門，自身原以劍法見長，卻也要千方百計的來謀我家劍譜。可是我爹爹的武功卻何以如此不濟？他任人欺凌，全無反抗之能，那又爲甚麼？」岳靈珊道：「或者因爲公公他老人家天性不宜習武，又或者自幼體弱。武林世家的子弟，也未必個個武功高強的。」林平之道：「不對。我爹爹就算劍法不行，也不過是學得不到家，內功根柢淺，劍法造詣差。可是他所教我的辟邪劍法，壓根兒就是錯的，從頭至尾，就不是那一會事。」岳靈珊沉吟道：「這……這可就奇怪得很了。」

林平之道：「其實說穿了也不奇怪。你可知我曾祖遠圖公，本來是甚麼人？」岳靈珊道：「不知道。」林平之道：「他本來是個和尚。」岳靈珊道：「原來是出家人。有些武林英雄，在江湖上創下了轟轟烈烈的事業，臨到老來看破世情，出家爲僧，那也是有的。」林平之道：「不是。我曾祖不是老了才出家，他是先做和尚，後來再還俗的。」岳靈珊道：「英雄豪傑，少年時做過和尚，也不是沒有。明朝開國皇帝太祖朱元璋，小時候便曾在皇覺寺出家爲僧。」

盈盈心想：「岳姑娘知丈夫心胸狹窄，不但沒一句話敢得罪他，還不住口的寬慰。」只聽岳靈珊又道：「咱們曾祖遠圖公少年時曾出過家，想必是公公對你說的。」林平之道：「我爹爹從未說過，恐怕他也不知道。我家向陽巷老宅的那座佛堂，那一晚我和你一起去過。」岳靈珊道：「是。」林平之道：「這辟邪劍譜爲甚麼抄錄在一件袈裟上？只因爲他本來是和尚，見到劍譜之後，偷偷的抄在袈裟上，盜了出來。他還俗之後，在家中起了一座佛堂，沒敢忘了禮敬菩薩。」岳靈珊道：「你的推想很有道理。可是，也說不定是有一位高僧，將劍譜傳給了遠圖公，這套劍譜本來就是寫在袈裟上的。

遠圖公得到這套劍譜，手段本就光明正大。」

林平之道：「不是的。」岳靈珊道：「你既這麼推測，想必不錯。」林平之道：「不是我推測，是遠圖公親筆寫在袈裟上的。」岳靈珊道：「啊，原來如此。」林平之道：「他在劍譜之末註明，他原在寺中爲僧，以特殊機緣，從旁人口中聞此劍譜，錄於袈裟之上。他鄭重告誡，這門劍法太過陰損毒辣，修習者必會斷子絕孫。尼僧習之，已然甚不相宜，大傷佛家慈悲之意，俗家人更萬萬不可研習。」岳靈珊道：「可是他自己竟又學了。」林平之道：「當時我也如你這麼想，這劍法就算太過毒辣，不宜修習，可是遠圖公習了之後，還不是一般的娶妻生子，傳種接代？」岳靈珊道：「是啊。不過也可能是他先娶妻生子，後來再學劍法。」

林平之道：「決計不是。天下習武之人，任你如何英雄了得，定力如何高強，一見到這劍譜，決不可能不會依法試演一招。試了第一招之後，決不會不試第二招；試了第二招後，更不會不試第三招。不見劍譜則已，一見之下，定然著迷，再也難以自拔，非從頭至尾修習不可。就算明知將有極大禍患，那也一切都置之腦後了。」

盈盈聽到這裏，心想：「爹爹曾道，這辟邪劍譜其實和我教的葵花寶典同出一源，基本原理並無二致，無怪岳不羣和這林平之的劍法，竟和東方不敗如此近似。」又想：「爹爹說道，葵花寶典上的功夫習之有損無益。他知學武之人一見到內容精深的武學秘籍，縱然明知習之有害，卻也會陷溺其中，難以自拔。他根本自始就不翻看寶典，那自是最明智的上上之策。」腦中忽然閃過一個念頭：「那他為甚麼傳給了東方不敗？」

想到這一節，自然而然的就會推斷：「原來當時爹爹已瞧出東方不敗包藏禍心，傳他寶典是有意害他。向叔叔卻還道爹爹顢頇懵懂，給東方不敗蒙在鼓裏，空自著急。其實以爹爹如此精明厲害之人，怎會長期的如此胡塗？只不過人算不如天算，東方不敗竟先下手為強，將爹爹捉了起來，囚入西湖湖底。總算他心地還不是壞得到家，倘若那時竟將爹爹一刀殺了，或者吩咐不給飲食，爹爹那裏還有報仇雪恨的機會？其實我們能殺了東方不敗，也是僥倖之極，若無冲郎在旁援手，爹爹、向叔叔、上官雲和我四人，一上來就會給東方不敗殺了。又若無楊蓮亭在旁亂他心神，東方不敗仍是不敗。」

想到這裏，不由得覺得東方不敗有些可憐，又想：「他囚禁了我爹爹之後，待我著實不薄，禮數周到。我在日月教中便和公主娘娘無異。今日我親生爹爹身為教主，我反無昔時的權柄風光。唉，我今日已有了冲郎，還要那些勞什子的權柄風光幹甚麼？」

回思往事，想到父親的心計深沉，不由得暗暗心驚：「直到今天，爹爹還是沒答允將融功的法門傳授冲郎。冲郎體內積貯了別人的異種真氣，不加融合，禍胎越結越巨，遲早必生大患。爹爹說道，只須他入了我教，不但立即傳他此術，還宣示教眾，立他為教主的繼承之人，可是冲郎偏不肯低頭屈從，當真為難得很。」一時喜，一時憂，悄立於高粱叢中，雖說是思潮雜沓，但想來想去，總仍歸結在令狐冲身上。

這時林平之和岳靈珊也默默無言。過了好一會，聽得林平之說道：「遠圖公一見劍譜之後，當然立即就練。」岳靈珊道：「這套劍法就算眞有禍患，也決不會立即發作，總是在練了十年八年之後，才有不良後果。遠圖公娶妻生子，自是在禍患發作之前的事了。」林平之道：「不……是……的。」這三個字拖得很長，可是語意中並無絲毫猶疑，頓了一頓，道：「我初時也如你這般想，只過得幾天便知不然。我爺爺決不能是遠圖公的親生兒子，多半是遠圖公領養的。遠圖公娶妻生子，只是爲了掩人耳目。」

岳靈珊「啊」的一聲，顫聲道：「掩人耳目？那……那爲了甚麼？」

林平之哼了一聲不答，過了一會，說道：「我見到劍譜之時，和你好事已近。我幾次三番想要等到和你成親之後，眞正做了夫妻，這才起始練劍。可是劍譜中所載的招式法門，非任何習武之人所能抗拒。我終於……我終於……自宮習劍……」

岳靈珊失聲道：「你……你自……自宮練劍？」林平之陰森森的道：「正是。這辟邪劍譜的第一道法訣，便是：『武林稱雄，揮劍自宮。』」岳靈珊道：「那……那爲甚麼？」林平之道：「練這辟邪劍法，自練內功入手，再要加煉內丹，服食燥藥。若不自宮，練功服藥之後，便即慾火如焚，不免走火入魔，殭癱而死。」岳靈珊道：「原來如此。」語音如蚊，幾不可聞。

盈盈心中也道：「原來如此！」這時她才明白，爲甚麼東方不敗一代梟雄，武功無敵於天下，卻身穿婦人裝束，拈針繡花，而對楊蓮亭這樣一個虬髯魁梧、俗不可耐的臭男人，卻又如此著迷，原來爲了練這邪門武功，他已成了不男不女之身。

只聽得岳靈珊輕輕啜泣，說道：「當年遠圖公假裝娶妻生子，是爲了掩人耳目，你……你也是……」林平之道：「不錯，我自宮之後，仍和你成親，也是掩人耳目，不過只是要掩你爹爹一人的耳目。」

岳靈珊嗚嗚咽咽的只是低泣。林平之道：「我一切都跟你說了，你痛恨我入骨，這就走罷。」岳靈珊哽咽道：「我不恨你，你是爲情勢所逼，無可奈何。我只恨……只恨當年寫下那辟邪劍譜之人，爲甚麼……爲甚麼要這樣害人。」林平之嘿嘿一笑，說道：「這位前輩英雄是個太監。」

岳靈珊「嗯」了一聲，說道：「然則……然則我爹爹……也是……也是像你這樣……」林平之道：「既練此劍法，又怎能例外？你爹爹身爲一派掌門，倘若有人知道他揮劍自宮，傳將出去，豈不騰笑江湖？因此他如知我習過這門劍法，非殺我不可。他幾次三番查問我對你如何，便是要確知我有無自宮。假如當時你稍有怨懟之情，我這條命早已不保了。」岳靈珊道：「現下他是知道了。」林平之道：「我殺余滄海，殺木高峯，數日之內，便將傳遍武林，天下皆知。」言下甚是得意。岳靈珊道：「照這麼說，只怕……只怕我爹爹眞的放你不過，咱們到那裏去躱避才好？」

林平之奇道：「咱們？你既已知道我這樣了，還願跟著我？」岳靈珊道：「這個自然。平弟，我對你一片心意，始終……始終如一。你的身世甚是可憐……」她一句話沒說完，突然「啊」的一聲叫，躍下車來，似是給林平之推了下來。

只聽得林平之怒道：「我不要你可憐，誰要你可憐了？林平之劍術已成，甚麼也不怕。等我眼睛好了以後，林平之雄霸天下，甚麼岳不羣、令狐冲，甚麼方證和尙、冲虛道士，都不是我對手。」

盈盈心下暗怒：「等你眼睛好了？哼，你的眼睛好得了嗎？」對林平之遭際不幸，她本來頗有惻然之意，待聽到他對妻子這等無情無義，又這等狂妄自大，不禁頗爲不齒。

岳靈珊嘆了口氣，道：「咱們總得先找個地方，暫避一時，將你眼睛養好了再說。」林平之道：「我自有對付你爹爹的法子。」岳靈珊道：「這件事既然說來難聽，你自然不會說，爹爹也不用耽心你。」林平之冷笑道：「哼，對你爹爹的爲人，我可比你明白得多了。明天我一見到有人，立即便說及此事。」

岳靈珊急道：「那又何必？你這不是……」林平之道：「何必？這是我保命全身的法門。我逢人便說，不久自然傳入你爹爹耳中。岳不羣既知我已然說了出來，便不能再殺我滅口，他反要千方百計的保全我性命。」岳靈珊道：「你的想法眞希奇。」林平之道：「有甚麼希奇？你爹爹是否自宮，一眼是瞧不出來的。他鬍子落了，大可用漆黏上去，旁人不免將信將疑。但若我忽然不明不白的死了，人人都會說是岳不羣所殺，這叫做欲蓋彌彰。」岳靈珊嘆了口氣，默不作聲。

盈盈尋思：「林平之這人心思機敏，這一著委實厲害。岳姑娘夾在中間，可為難得很了。這麼一來，她父親不免聲名掃地，她如設法阻止，卻又危及丈夫性命。」

林平之道：「我縱然雙眼從此不能見物，但父母大仇得報，一生也決不後悔。當日令狐冲傳我爹爹遺言，說向陽巷老宅中祖宗的遺物，千萬不可翻看，這是曾祖傳下來的遺訓。現下我是細看過了，雖然沒遵照祖訓，卻報了父母之仇。若非如此，旁人都道我林家的辟邪劍法浪得虛名，福威鏢局歷代總鏢頭都是欺世盜名之徒。」

岳靈珊道：「當時爹爹和你都疑心大師哥，說他取了你林家的辟邪劍譜，說他揑造公公的遺言……」林平之道：「就算是我錯怪了他，卻又怎地？當時連你自己也不是一樣的疑心？」岳靈珊輕輕嘆息一聲，說道：「你和大師哥相識未久，如此疑心，也是人情之常。可是爹爹和我，卻不該疑他。世上眞正信得過他的，只媽媽一人。」

盈盈心道：「誰說只你媽媽一人？還有我呢！」

林平之冷笑道：「你娘也眞喜歡令狐冲。為了這小子，你父母不知口角了多少次。」

岳靈珊訝道：「我爹爹媽媽為了大師哥口角？我爹媽是從來不口角的。」林平之冷笑道：「從來不口角？那只是裝給外人看看而已。連這種事，岳不羣也戴起僞君子的假面具。我親耳聽得清清楚楚，難道會假？」

岳靈珊道：「我不是說假，只是十分奇怪。怎麼我沒聽到，你反而聽到了？」林平之道：「現下說與你知，也不相干。那日在福州，嵩山派的兩人搶了那袈裟去。那兩人給令狐冲殺死，袈裟自然是令狐冲得去了。可是當他身受重傷、昏迷不醒之際，我搜他身上，袈裟卻已不知去向。」岳靈珊道：「原來在福州城中，你已搜過大師哥身上。」林平之道：「正是，那又怎樣？」岳靈珊道：「沒甚麼。」

盈盈心想：「岳姑娘以後跟著這奸狡兇險、暴躁乖戾的小子，這一輩子，苦頭可有得吃了。」忽然又想：「我在這裏這麼久了，冲郎一定掛念。」側耳傾聽，不聞有何聲息，料想他定當平安無事。

只聽林平之續道：「袈裟既不在令狐冲身上，定是給你爹娘取了去。從福州回到華山，我潛心默察，你爹爹掩飾得也眞好，竟半點端倪也瞧不出來。你爹爹那時得了病，當然，誰也不知道他是一見袈裟上的辟邪劍譜之後，立即便自宮練劍。旅途之中衆人聚居，我不敢去窺探你父母的動靜，一回華山，我每晚都躲在你爹娘臥室之側的懸崖上，要從他們的談話之中，查知劍譜的所在。」岳靈珊道：「你每天晚上都躲在那懸崖上？」林平之道：「正是。」岳靈珊又重複問了一句：「每天晚上？」盈盈聽不到林平之的回答，想來他是點了點頭。只聽得岳靈珊嘆道：「你眞有毅力。」林平之道：「爲報大仇，不得不然。」岳靈珊低低應了聲：「是。」

只聽林平之道：「我接連聽了十幾晚，都沒聽到甚麼異狀。有一天晚上，聽得你媽媽說道：『師哥，我覺得你近來神色不對，是不是練那紫霞神功有些兒痲煩？可別太求精進，惹出亂子來。』你爹笑了一聲，說道：『沒有啊，練功順利得很。』你媽道：『你別瞞我，爲甚麼你近來說話的嗓子變了，又尖又高，倒像女人似的。』你爹道：『胡說八道！我說話向來就是這樣的。』我聽得他說這句話，嗓聲就尖得很，確像是個女子在大發脾氣。你媽道：『還說沒變？你一生之中，就從來沒對我這樣說過話。我倆夫婦多年，你心中有甚麼解不開的事，何必瞞我？』你爹道：『有甚麼解不開的事？嗯，嵩山之會不遠，左冷禪意圖吞併四派，其心昭然若揭。我爲此煩心，那也是有的。』你媽道：『我看還不止於此。』你爹又生氣了，尖聲道：『你便是瞎疑心，此外更有甚麼？』你媽道：『我說了出來，你可別發火。我知道你是冤枉了冲兒。』你爹道：『冲兒？他跟魔教中人來往，和魔教那個姓任的姑娘結下私情，天下皆知，有甚麼冤枉他的？』」

盈盈聽他轉述岳不羣之言，提到自己，更有「結下私情，天下皆知」八字，臉上微微一熱，但隨即心中湧起一股柔情。

只聽林平之續道：「你媽說道：『他跟魔教中人結交，自是沒冤枉他。我說你冤枉他偷了平兒的辟邪劍譜。』你爹道：『難道劍譜不是他偷的？他劍術突飛猛進，比你比我還要高明，你又不是沒見過？』你媽道：『那定是他另有際遇。我斷定他決計沒拿辟邪劍譜。冲兒任性胡鬧，不聽你我的教訓，那是有的。但他自小光明磊落，決不做偷偷摸摸的事。自從珊兒跟平兒要好，將他撇下之後，他這等傲性之人，便是平兒雙手將劍譜奉送給他，他也決計不收。』」

盈盈聽到這裏，心中說不出的歡喜，眞盼立時便能摟住了岳夫人，好好感謝她一番，心想不枉你將冲郎從小撫養長大，華山全派，只有你一人，才眞正明白他的爲人；又想單憑她這幾句話，他日若有機緣，便須好好報答她才是。

林平之續道：「你爹哼了一聲，道：『你這麼說，咱們將令狐冲這小子逐出門牆，你倒似好生後悔。』你媽道：『他犯了門規，你執行祖訓，清理門戶，無人可以非議。但你說他結交左道，罪名已經夠了，何必再冤枉他偷盜劍譜？其實你比我還明白得多。你明知他沒拿平兒的辟邪劍譜。』你爹叫了起來：『我怎知道？我怎知道？』」

林平之的聲音也是旣高且銳，仿效岳不羣尖聲怒叫，靜夜之中，有如厲梟夜啼，盈盈不由得毛骨悚然。

隔了一會，才聽他續道：「你媽媽緩緩的道：『你自然知道，只因爲這部劍譜，是你取了去的。』你爹怒聲吼叫：『你……你說……是我……』但只說了幾個字，突然住口。你媽聲音十分平靜，說道：『那日冲兒受傷昏迷，我爲他止血治傷之時，見到他身上有件袈裟，寫滿了字，似乎是劍法之類。第二次給他換藥，那件袈裟已經不見了，其時冲兒仍昏迷未醒。這段時候之中，除了你我二人，並無別人進房。這件袈裟可不是我拿的。』」

岳靈珊哽咽道：「我爹爹……我爹爹……」林平之道：「你爹幾次插口說話，但均只含糊不清的說了一兩個字，便沒再說下去。你媽媽語聲漸轉柔和，說道：『師哥，我華山一派的劍術，自有獨到的造詣，紫霞神功的氣功更加不凡，以此與人爭雄，自亦足以樹名聲於江湖，原不必再去另學別派劍術。只是近來左冷禪野心大熾，圖併四派。華山一派在你手中，說甚麼也不能淪亡於他手中。咱們聯絡泰山、恆山、衡山三派，到時以四派鬥他一派，我看還是佔了六成贏面。就算眞的不勝，大夥兒轟轟烈烈的劇鬥一場，將性命送在嵩山，也就是了，到了九泉之下，也不致愧對華山派的列祖列宗。他如將咱們四派殺得乾乾淨淨，這樣一來，五嶽劍派只賸下他嵩山一派，他要併五派爲一，卻也併不成了。』」

盈盈聽到這裏，心下暗讚：「岳夫人確是女中鬚眉，比她丈夫可有骨氣得多了。」

只聽岳靈珊道：「我媽這幾句話，可挺有道理呀。」林平之冷笑道：「可是其時你爹爹已拿了我的劍譜，早已開始修習，那裏還肯聽師娘的勸？」他突然稱一句「師娘」，足見在他心中，對岳夫人仍不失敬意，繼續道：「你爹爹那時說道：『你這話當眞是婦人之見。逞這等匹夫之勇，徒然送了性命，華山派還是給左冷禪呑了，死了之後，未必就有臉面去見華山派列祖列宗。左冷禪殺光了咱們之後，他找些蝦兵蟹將來，分在泰衡華恆四嶽，虛立四派的名銜，還不容易？』你媽半晌不語，嘆道：『你苦心焦慮以求保全本派，有些事我也不能怪你。只是……只是那辟邪劍法練之有損無益，否則的話，爲甚麼林家子孫都不學這劍法，以致給人家逼得走投無路？我勸你還是懸崖勒馬，及早別學了罷？』你爹爹大聲道：『你怎知我在學辟邪劍法？你……你……在偷看我嗎？』你媽道：『我又何必偷看這才知道？』你爹大聲道：『你說，你說！』他說得聲嘶力竭，話音雖響，卻顯得頗爲氣餒。

「你媽道：『你說話的聲音，就已全然變了，人人都聽得出來，難道你自己反而不覺得？』你爹還在強辯：『我向來便是如此。』你媽道：『每天早晨，你被窩裏總是落下了許多鬍鬚……』你爹尖叫一聲：『你瞧見了？』語音甚是驚怖。你媽嘆道：『我早瞧見了，一直不說。你黏的假鬚，能瞞過旁人，卻怎瞞得過和你做了幾十年夫妻的枕邊之人？』你爹見事已敗露，無可再辯，隔了良久，問道：『旁人還有誰知道了？』你媽道：『沒有。』你爹問：『珊兒呢？』你媽道：『她不會知道的。』你爹道：『平之自然也不知了？』你媽道：『不知。』你爹道：『好，我聽你的勸，這件袈裟，明兒咱們就設法交還給平之，再慢慢想法爲令狐沖洗刷淸白。這路劍法，我今後也不練了。』你媽十分歡喜，說道：『那當眞再好也沒有了。不過這劍譜於人有損，豈可讓平兒見到？還是毀去了的爲是。』」

岳靈珊道：「爹爹當然不肯答允了。要是他肯毀去劍譜，一切都不會是這個樣子。」

林平之道：「你猜錯了。你爹爹當時說道：『很好，我立即毀去劍譜！』我大吃一驚，便想出聲阻止，劍譜是我林家之物，管他有益有害，你爹爹可沒權毀去。便在此時，只聽得窗子呀的一聲打開，我急忙縮頭，眼前紅光一閃，那件袈裟飄將下來，跟著窗子又即關上。眼看那袈裟從我身旁飄過，我伸手一抓，差了數尺，沒能抓到。其時我只知父母之仇是否能報，繫於是否能抓到袈裟，全將生死置之度外，我右手搭在崖上，左腳拚命向外一勾，只覺腳尖似乎碰到了袈裟，立即縮回，當眞幸運得緊，竟將那袈裟勾到了，沒落入天聲峽下的萬仞深淵之中。」

盈盈聽他說得驚險，心想：「你若沒能將袈裟勾到，那才眞是幸運得緊呢。」

岳靈珊道：「媽媽只道爹爹將劍譜擲入了天聲峽中，其實爹爹早將劍法記熟，袈裟於他已然無用，卻讓你因此而學得了劍法，是不是？」林平之道：「正是。」

岳靈珊道：「那是天意如此。冥冥之中，老天爺一切早有安排，要你由此而報公公、婆婆的大仇。那……那……那也很好。」

林平之道：「可是有一件事，我這幾天來幾乎想破了頭，也難以明白。為甚麼左冷禪也會使辟邪劍法？」岳靈珊「嗯」了一聲，語音冷漠，顯然對左冷禪會不會使辟邪劍法，全沒放在心上。林平之道：「你沒學過這路劍法，不知其中的奧妙所在。那一日左冷禪與你爹爹在封禪台上大戰，鬥到最後，兩人使的全是辟邪劍法。只不過左冷禪的劍法全然似是而非，每一招都似故意要輸給你爹爹，總算他劍術根柢奇高，每逢極險之處，急變劍招，才得避過，但後來終於給你爹爹刺瞎了雙眼。倘若……嗯……倘若他使嵩山劍法，給你爹爹以辟邪劍法所敗，那並不希奇。辟邪劍法無敵於天下，原非嵩山劍法之所能匹敵。左冷禪並沒自宮，練不成眞正的辟邪劍法，那也不奇。我想不通的是，左冷禪這辟邪劍法卻是從那裏學來的，為甚麼又學得似是而非？」他最後這幾句話說得遲疑不定，顯是在潛心思索。

盈盈心想：「沒甚麼可聽的了。左冷禪的辟邪劍法，多半是從我教偷學去的。他只學了些招式，卻不懂這無恥的法門。東方不敗的辟邪劍法比岳不羣還厲害得多。你若見了，管教你就有三個腦袋，一起都想破了，也想不通其中道理。」

她正欲悄悄退開，忽聽得遠處馬蹄聲響，二十餘騎在官道上急馳而來。

笑傲江湖(大字版) / 金庸作. -- 二版.
-- 臺北市：遠流, 2017.10
冊； 公分. --(大字版金庸作品集；55–62)

ISBN 978-957-32-8112-2 (全套：平裝).

857.9 106016828